碧居泰守

清親の百五日

鳥影社

清親(きよちか)の百五日　目次

清親（きよちか）の百五日

御一新が成り明治の御世となった。小林清親は旧幕臣として徳川家達(いえさと)が入封する静岡に、母を伴い下った。時代は有りと有る混沌を孕みながら矢の如く流れていく。

明治七年清親は浜松の在、橋本村に住まいしていた。

開け放された縁側から新緑の薫りを含んだ大気が入り込んでいる。白く乾いた庭の先に欅の大木が見え、陽を受けた若葉のまばらな茂りが風に揺れ、煌めきを返している。清々しい陽気のなかに、まどろんでしまいたくなるほどだ。しかし今、話しておかなければならないことがあった。居間から声をかけ、台所にいた妻のきぬを目の前に座らせた。

「東京へ戻ろうと思うんだが」

気息を整えて話を始めた。唐突に過ぎるかとは思った。案の定きぬはえっと言って目を瞠(みは)りみつめ返してきた。

来てくれるだろうか。一抹の不安はある。

「どうだろう」

身の振り方を思案するために、きぬの思いを知っておきたかった。鷲津村の本百姓の三女として生まれ育ち、無口で地味な性格を補うかのように、身を粉にして働くことを厭わなかった。

四年前に所帯を持ったが子は授からなかった。陽に焼けて健やかに映る童顔に不釣り合いな憂いが滲んでいる。

「でも……むこうで暮らしはたつんですか」

目をふせ遠慮気味に言った。これまでの生活を振り返ればきぬの不安が分からなくはなかった。徳川家の御家人であった清親は、静岡藩で新たに三等勤番と称される身分となり新居の関所に配属されたが、明治四年七月には廃藩置県が断行され静岡藩も消滅し、士族という族籍と僅かばかりの家録がのこされたきりであった。

きぬの実家は近いとはいえないまでも、歩いて半日ほどの距離にある。この地に暮らす分には飢えて死ぬことはない。

「なんとも言えんが、江戸に帰りたいとさかんに零すのでな」

母の知加が居る隣室の襖に、清親は目線を遣った。ちかごろ臥せりがちになり体ばかりか気も弱っているように見える。

家臣は殿様に従うべきだという母知加のたっての意をくみ、困難を覚悟したつもりで清親は静岡にやってきていた。

茶作りをし、漁師もやってみたが所詮士族の手伝い仕事に終止して、長続きはしなかった。最近まで撃剣会という刀技をみせる興業に加わり、六尺二寸の偉丈夫を買われ三河、尾張、美濃と東海近辺を廻り歩いた。すべて家族三人が食いつなぐためではあった。清親は二十八に、きぬは二十六になっていた。

「東京で仕事をさがすことになるが、ペンペン草と桑畑ばかりだという話も聞くからな。正直なところ容易ではないだろう」

「それでも江戸に戻りたいと母さまは仰るので？」

きぬは隣室を気遣うように囁き声をだした。

「長年暮らしたところだからな」

清親は母の気持ちを慮り答えたが、己の気持もたぶんその中には含まれている。だがそれを口に出すのは憚（はばか）られた。ひどく貧しくはあるが、気張ることなく過ごせるこの田舎に埋もれて、田畑にしがみついて暮らすのもわるくはない。そう思う気分もあった。

普段から無口なきぬだが、今はうつむいて思案に浸りこんでいる。

縁側からそよとした風が吹き込んできた。鴬が近くで盛んに鳴いている。久しぶりに聞く鳴き声だがどこかおぼつかない。欅の奥にある雑木林のほうから聞こえてくる。

人をうっとりさせるような鳴き方を自然の中でどうやって極めるのだろう。江戸の頃、鴬を捕らえ鳴き方を仕込んで高値で捌いている御家人がいることを聞いたことがある。人が教え鳥が倣うという早道がある。

何にせよ極めるというのは一朝一夕なものではない。清親の脳裡に、蒸した茶葉を汗まみれになりながら揉みこんだ日々が甦った。巨軀の腰を曲げて取り組んだ生業（なりわい）の困難が今も鮮烈に残っている。

旦那様。清親の気が逸れていることに気づき声をかけてきた。

「どうだ一緒に来てくれるか」

清親はきぬに視線を戻した。肝心なことをやっと口に出せたような気がする。この地に根付くつもりで、きぬと所帯を持ったのだが、老いた母の望みはそれを根底から覆すものであった。

わずかに沈黙の間があった。

「せっかくのお言葉ですがお待ちしたいと思います」

明瞭で迷いのない応えが返ってきた。それは清親が予期していたものではなかった。手を携え東京に行くのではなく待ちたいという。

「つまり……暮らしの目処がつくまでこちらに居るということか」

はい、と言ったきぬには普段のなにげない表情がもどっている。

この数年の暮らし向きは、情けないほどの貧とともにあった。きぬの実家の暮らしぶりには及ぶべくもない。小百姓に近い生活に働き者であるきぬでさえ倦んでいたのだ。

想いが外れたにせよ、それならそれでいい。母と二人だけならば、東京には姉兄や小林家の親類縁者もいることだし、なんとか口に糊することはできる。

「ここに残ったほうが要らぬ苦労をせずに済むかもしれんな」

行き遅れた娘でよければと勧められて祝言をあげたが、生活は容易ではなくしばしばきぬの実家を頼った。知る人の居ない東京に行ってまで貧しさを味わいたくはないということだろうか。しかし夫婦というものは労苦を共にしてこそではないのか。胸の奥深いところに割り切れない思いが落ちていった。

三日後、きぬを伴い実家に挨拶に行った。突然のことにきぬの両親は驚きはしたが、離縁ではないことに一先ず安堵の様子をみせた。帰り際、義父の茂治が旅の費え(ついえ)にと言って金子(きんす)を清親に手渡してくれた。

翌日、清親は母を駕籠にのせ東京に向かった。見送りはきぬ一人だった。街道に繋がる田の畦道に立ちつくし、手をふっている。

青天がこのところしばらく続いていたが、この日は鈍色(にびいろ)の空が垂れ込め、薄く切れ切れの雲が足早に流れ去っていった。門出にふさわしい日とは思えなかった。これからのすべては生まれ育った東京にあるはずだ、いや、あらねばならん。清親は歩きながら念じた。

やがて街道は山際に入り、きぬの姿が視界から消えた。

ここを次に訪れるのはいつになるだろう。六年近くを過ごした山河を去ることに後ろ髪を引かれる思いはあった。だが、その気持の片隅には江戸からやってきた生業を持たない余所者として、場違いの地に生きてきた違和の想いもある。だから東京に帰るのかと、きぬに問われれば、そんなことはないとすぐに否を返すだろう。この地に来てこそ、きぬとの出会いがあったのだから。しかし今、気持の底を覗き込んでみると、きぬではなく母の意向を汲んだ以上は帰らなければ、という追い立てられるような心情が、泡立つようにわき上がってくるのだった。

止むことのない諸々の想いを反芻しながら、母を載せた駕籠と共に街道を上った。島田、江尻、吉原、三島、小田原、藤沢、横浜、の宿を経て東京に辿り着いた。南本所外手町に間借りながらも居を定め、親類縁者と再会をし終え、一段落した頃に母知加が世を去った。母の望みをいれて東京に戻って三月しか経っていない。

静岡の田舎にいた方がよかったのか。最後に江戸を見せられただけでも孝行したということになるのだろうか。まったくあっけなかった。十八年前コレラに罹って死にかけた母だったが、それに打ち勝ってはいた。そのせいなのか体調は優れなかった。貧乏所帯で暮らすうちに、体と気持ちをさらに弱らせていたのだ。跡取り息子の不甲斐なさを一言も口にすることの無かった母を想いひとり歔欷（きょき）したが、今となっては悔やむことでしか母に詫びることはできない。

浅草にある菩提寺竜福院で葬儀を済ませ、四十九日が過ぎた。

はかないものだ、今更ながら思ったのはひとの命の脆（もろ）さ虚しさだ。その長さなど誰にも分かりはしないし、計ることも出来はしない。

――ならば今から、これから、己が思うままに生きてみよう。

子どもの頃から常々親しんできた絵を描いて生きていこう。ほかに生きる術などありえない。食うや食わずの生活で筆を捨てたような年月が続いていた。今ようやく、筆をとることが出来る。そのときがきた、と清親は思ったのだった。

この後、絵の精進に明け暮れして二年の歳月が流れたが、今もかつかつの暮らしは続いている。

一

明治九年の一月が終わろうとしている。店先から声高に訪(おとな)う客の声が聞こえた。

間を置かず板の間を踏みながら、清親と大黒屋平吉が話し込んでいる居間に忙(せわ)しげな足音が近づいてくる。

「旦那さま、三代目さんがお見えですが、いかように」

襖の外から手代の浩助が声を掛けてきた。主人の話し相手が絵師の小林清親だとわかっている。仕事の打ち合わせをしているのを慮ってのことだ。

「三代目って広重さんかい」

「へい、さよで」

「いまいくから、茶をお出ししてな」

浩助が返事をして引き返していった。大黒屋が清親にかるく目配せをして腰をあげ、

「何の用だろう。しばらくぶりだが」

呟きをのこして居間をでていった。平吉の姓は松木といい、相撲絵と浮世絵をだしている東

京で屈指の版元である。江戸の中頃から多色で摺る華麗な浮世絵を錦絵と呼ぶようになるが、両国広小路の吉川町にある大黒屋の黒い土蔵造りの店先には、いつも新版の錦絵が所狭しと吊り下げられていた。

清親は一度だけ三代目と会ったような気がしているが、どこでだったかすぐには思い出せなかった。会ったというよりは見たというほうが当たっているような気がした。

日本橋を渡り終えた南詰めの辺りだった。数人の取巻きといるところに出くわし、あれが三代目さ、と大黒屋が耳許で囁いたときで昨年の末の頃だ。

「二代目が出ていった後、三代目が初代の養女の婿に収まったという話だ。親は船大工だったというが、まあ描き好きが昂じたということだな」

大黒屋はさらに続け、

「初代ほどとびぬけた着想はないが、継いだ名前はあるしほどほどの力量もあるから、あちこちから頼まれ引き受ける。それがいいのかは分からんがね」

噂やら技量やらを口にしたが、要は絵師のありようといったものを言いたかったのかもしれない。

「数をこなせる人なんでしょうな」

それも一つの才能かと思う。

「まあそればかりだと先がないわな。当り前でない精進が要るということさ。特に御一新の今は」

清親の謂いに答えたが、絵師として三十歳にして版元大黒屋から世に送り出された自分に向かって言っているようにも聞こえた。

駆け出しの己など足元にも及ばないが、明治という御世に、三代目が浮世絵師としてそれなりの世過ぎしていることにちがいはない。

当今、三代目広重に限らず浮世絵師たちはこぞって廉価な輸入物の絵具を用いて文明開化の有様を極彩色でけばけばしく描いた。

この錦絵は開化絵や赤絵などと呼ばれ、絵草子屋の店先に賑々しく飾りつけられた。そのさまは、あたかも町屋で展覧の会を見るようであった。清親にしても、子供の時分に目にした煌びやかな店先の光景を今も忘れることは出来ない。

清親は半月前に摺られた己の錦絵を思い浮かべた。〈東京江戸橋之真景〉〈東京五大橋之一両国真景〉の二枚の開化絵で、昨年、江戸橋は石の眼鏡橋に替り、両国橋は拡幅改修されたばかりであった。

逡巡とも慮りともつかない綯い交ぜの気持のままに、大黒屋との間で交わしていたのは、この錦絵についての世間の取りざたについてだった。絵の左下に印す方円舎清親という画号について、

「方円舎という名乗りは、ちょっとばかり据わりがよくなかったな」

大黒屋が言うのだから、そうなのだろう。

「四角く円い家というのも、分かったようでよくわからんし、心もち算術家めいているようにも思えるしな」

幼年の頃、本所御蔵屋敷の片隅にあった四畳半ほどの古寂びた茶室にこもっては絵をかいて過ごした。ここにはなぜか丸窓が造作されていて、これが方円舎の名乗りの由来だが、江戸の恵まれた子供の頃を口にだすのが、貧に迫られる今は気恥ずかしくもあった。

清親の初めての錦絵ということで、お披露目の意味もあり大黒屋の店頭だけでなく東京の主だった絵草子屋にも納めた。それらの店から方円舎という人は何派の絵師かね、とよく尋ねられるらしいが、

「どこの派でもないやね。あえて言えば、御一新派と呼んでもらってもいい」

もったいを付けて大黒屋は返す。

清親が錦絵をものに出来たのは、自らを画鬼と称した絵師、河鍋暁斎（かわなべきょうさい）から手ほどきされたことが大きい。古河藩士の次男であった暁斎は諸流を貪欲に学びながらも流派にとらわれず、自由奔放に思うがままに描き生きている絵師であった。

旧知の元武家を介し知りあった。師というより歳の離れた兄のような気安さがあり、十六も上だが実の弟のように接してくれた。絵を通じての付き合いならば清親の三人の実兄よりも兄らしい。そんな思い入れが清親にはある。

暁斎が与えてくれた手本をもとに、ここ二年ほどの間、繰り返し繰り返し憑かれたように売れることのない絵を描いていた。方便の目処などなかったが、大黒屋の工房で彫師と摺師の仕事を手伝うことで錦絵の出来上がりまでを修練しつつ、口に糊した。描いた絵が昨年末と今年に入りようやく摺られ、絵草子屋に置かれることになった。だが大黒屋はよその店主たちから度々言われるらしい。

「御一新派という割に、これは赤絵じゃないね。何か訳でもあるのかい。田舎から来る人は赤絵が今一番新しいと思っているのさ。だから土産に買っていく。そのへんは、大黒屋さんあんたよく分かってるんだろ」

そういった話を聞く度に、清親の胸中で蠢くものがある。

今、東京に出回っている開化絵で赤を使わないのはむしろ少なかろう。みな同じに見える。落款を見なければ絵師の違いは判らんとまで言われる。赤絵にしたらせっかく精進の末に売り出したところで十把一絡げの横並びだ。

錦絵二枚のうちの一枚〈東京五大橋之一両国真景〉の初摺りを前にして、

「きよさん、海の上にアニリンの色さし（色指定）が書かれちゃいねえがどうするね。使わねえのかい」

摺師の熊吉が当たり前のように確かめてきた。

「真昼間の両国橋だからな、まあいらんだろうよ」

アニリンは赤絵具のことだ。熊吉がへーそうですかいと言い、なおも版元である大黒屋の表情をちらと窺った。版木をはさんで清親と熊吉が向かい合っていたが、横手に座る大黒屋はだまったまま大きく頷いたきりだった。これで初摺りの方針が決まったのだが、このとき熊吉が意外そうな表情をうかべたのを覚えている。

銀座に赤レンガの建物が並ぶ街が出来、ガス燈が灯った。江戸ではなく東京になり建物も橋も新しく造り替えられていく。江戸の頃より変わらない物見高さが士族や平民になった人々を突き動かす。とどのつまりは、土産に一銭五厘の赤い開化絵をもとめて東京の新名所見物の〆にする。誰でも買える値だ。

「売れる赤絵を店先に置きたいのさ」

大黒屋が余所の絵草子屋で散々言われることも、新しく造られてゆく都を目の当たりにした世間の、高ぶったような気分というものの照り返しに違いなかった。夕焼でもないのに空や水平線に、気持の浮き立つ赤い帯を入れるのが分からなくはない。

流行りで売れるとはいえ、一つ覚えのように増摺り（増版）や摺り違い（改変版）で絵の中に赤を摺り込んでしまうというのは、商売とはいえおもねりが過ぎる。

もうしばらくすると飽きられるぞ。

清親は秘かに思った。

廊下を踏み鳴らす音がして、すぐに襖がひらいた。

「三代目さんの用事は何でした」

引く手数多の絵師が自らやってくるのだから、何か特段なことでもやろうとしているのかもしれないと思い、戻ってきた大黒屋に問いをかけてみた。

目の前にどっかと座った大黒屋は、絵師の間で新し物好きの男として知られている。歳を聞いたことはなかったが暁斎先生が言うには、旗本の三男坊から松木家に養子に入り今年四十になるらしい。

本筋の埒外にいた己に声をかけたのも、店の売りの相撲絵を描く二代歌川国輝が、亡くなってしまったからだという。後がまの絵師が見つからなかったところを、暁斎先生が間に入って大黒屋に紹介してくれた。

商売熱心で本業の版元の他に、浮世絵、赤絵、日用の品も外つ国に売り込む商いに手を染めていた。赤絵全盛の今どきあえて赤をつかわないで、己を売り出そうとしてくれたのは、大黒屋の視野の広さ故に違いなかった。

「用事といったほどじゃないやな。ずいぶん以前に声をかけておいた東京の名所絵を、大阪から帰ったらやってもいいといった話でね。それだっていつになるか分からんと言うから、じゃあそのときまた話しましょうや、といった塩梅で収めたんだが。いってみれば今は萬屋孫兵衛さんの所の絵師だからね、こっちの話なんてまともに聞いちゃいないさ。たまに顔出しして繋ぎを切らさないつもりなんだろうが、忙しすぎるってのも考えもんだな」

なるほど、三代目にしてもそういった挨拶回りもするわけだ。

「さっき話していた続きですが版元の忌憚のないところを聞かせてもらえませんか」

方円舎小林清親の名で世に出した開化絵の評判は悪くはなかった。新しく架けられた江戸橋と直された両国橋とを遠近法を用いて画面中央に大きく迫力ある構成で描いた。にもかかわらず売れ数で他の絵師の赤絵に後れをとっていた。

「そうさな、新しい建物ができた橋が架かったと言ちゃあ、赤絵にして版をだしていても、その景色に慣れてしまえば飽きられるのは目にみえている。あんたはしがらみが無いぶん分かっているんだろうが」

しがらみか……。浮世絵師と彫師・摺師、案を考え束ねる版元、それに絡みつく江戸からの慣わしのことだろう。赤絵について秘かに思うところはあるが、世にでたばかりの己が、絵師でございと正面切って言えるほどの立場にはない。

「ちょっとばかり踏み出してみたいのさ。うちの看板の相撲絵とか赤ばかり使う昨今の錦絵の世界からね。だからといって商いを放り出す訳じゃない。売れるうちは赤絵を出し続けるよ。それと、断っておくが増摺りは摺師の好きなようにさせる。それでいいね」

商売が回ってこそ野心は燃やせると大黒屋は言いたいようだ。

熊吉は次の摺りでおそらく海上に赤い帯を入れるだろう。売上を増すために。

清親は、錦絵を版行するときの慣わしを口にした版元の方針に、逆らうつもりはなかった。

旧態を踏むしかあるまい。

「踏み出すって、どんなふうにです？」

それこそが、これからの己にとって重要な一歩であるはずだ。

「あんた色々な絵を見てきていると言っていたが、西洋画もそのうちに入るんだろ」

清親は顔見知りである洋画の絵師を脳裡に浮かべた。

横浜居留地の海岸仲通りに在住する記者であり画家でもあるワーグマンのところに幾度か通った。四歳年上で昵懇（じっこん）の狩野派の絵師、狩野友信と共に教えをうけた。ワーグマンは事物をあるがままに写し取ったような緻密な描写をする。日本人の絵師による油絵らしきものを以前に見たことはあったが、ここで初めて本物の油絵を描く様を見ることができた。

三十七銭五厘の切符を手に新橋から横浜まで汽車に乗り、ワーグマン宅を訪ねた。手元不如意で、嫁いだ姉に運賃の合力（ごうりき）を頼んだ。放埒（ほうらつ）の果てに家に寄りつかず、家督を継がなかった兄たちを当てには出来なかった。

ワーグマンには教える手順というものがあり、鉛筆画、水彩画、油絵という順に進めていく。ワーグマンが風景を描いている様子を見ているうちに、是非ともその真似をしたいと思うようになった。

あるとき、鉛筆で窓の外に見える横浜港の象の鼻埠頭を描いてみろとワーグマンが言い、その景色を描くことになった。友信も隣で鉛筆を走らせた。

埠頭を写実にほどよく描けたと内心思った。そんな出来映えだった。この鉛筆画をワーグマンが覗き込み、直後に何かを叫び、腕を掴まれ家の外に追い出されてしまった。ドアを出る直前ワーグマンが踝を蹴ったようだった。

何がどうなっているのか分からなかった。あまりに理不尽な扱いに腹が立った。戻るわけにもいかず横浜ステーションへの道を歩いていると、友信が追いかけてきて、

「清さん、以前に鉛筆画を描いたことがあるのか」

息を切らせて聞いてくる。

「いや、初めてだが」

「ワーグマンが怒ったのは、これだけ描ける奴が、なんで習いに来るのだ。それでなくとも忙しい私をからかっているのか、ということのようだ」

「たまたまってことがあるだろう」

友信が困惑したような顔つきをしている。自分の方が力不足と告げられたようなものだ。それはワーグマンにとって半ば本音であった。教えて何の利もない清親より、狩野派の奥絵師という友信の出自の正しさ、人脈の広さが、ワーグマンの記者という仕事がらみの価値観に適ったようである。友信はこれ以降も通い続けている。

点火棒を持った半纏姿の男が、駅の手前にある弁天橋のガス灯に火を入れようと、ふたりの脇を忙しげにすり抜けて行った。いつのまにか薄闇が降りてきていた。

それ以来ワーグマンのところにも横浜にも行くことは無かった。その後しばらくして東京で友信と会ったとき、ワーグマンがよこしたという一本の鉛筆をくれた。今おもえば、新聞の記事を書くために、政官民の貴顕（きけん）に会うという仕事柄か気位が高く、くわえて癇性（かんしょう）の質（たち）のようでもあった。

ワーグマンの他には、日本橋浜町で天絵楼という画塾を開いた年配の高橋由一を訪ね、西洋画について話を聞きに行ったことがあった。このとき隅田川にかかる桜花の絵を見せてもらったが、確かな出来映えだったことを憶えている。しかし、塗り重ねる描法とつやつやと光る油絵の質にどこかしっくりしないものを感じた。

イギリスで西洋画を学んだ同い年の国沢新九郎という絵師が麹町平河町で画塾をひらいたということも伝わってきた。平河天満宮の縁日には塾生の絵を塾の玄関に並べているという話もあったので見に行ってみた。油絵ではあったがいかにも塾生の手による中途半端な出来上がりに、妙に得心したのを覚えている。やはり油絵は求めているものと違う、そんな気がしたものだった。

「洋画の絵師と知り合いになったこともあったんですが。どうも油絵には馴染めなくて」

「あんたが馴染めるようなものは無かったのかね」

そう聞かれて思い返してみると、ワーグマンが見せてくれた水彩画が、記憶の底に入り込んでいて、いまだに彩りを放っている。

「風景やら人やらを写し取るように描く、水彩画が気に入っているんですがね」

「まあそういうところでしょうな」

大黒屋が頷きを返して、見透かすような答えを返してきた。

「ちょっと見てもらいたいものがあるんだが」

立ち上がると床の間に向かった。大黒屋が違い棚からとりだしてきて、清親の膝元に置いた絵には横文字で題が記されていた。

大黒屋があごをしゃくってよく見てみろとうながしている。

「これをどこで手にいれたんです」

「日本橋の丸屋善七のところさ。けっこう面白いものがあったが、これはうちの商い品には無いもので縁遠いようだが、それでいて近い。絵柄は錦絵とはまったく違うが版画らしい。これは役に立ちそうだと思ってね」

同じような絵を天絵楼で見たような気がする。たしか石版とかいう刷りの技を使うと言っていたが。

賑わうアメリカの街の様子を描いたものだと大黒屋は言う。この題はなんと書いてあるのだろう。清親の思いを遮るように、

「これをネタにするのか、やるならどうやるべきか、それがまだ見えてこないのだよ。もうしばらく寝かせてみようと思う。腹が決まったら連絡をやるから、待ってくれるか」

大黒屋が言うのだから、待つほかはあるまい。いつになるか分かるだけでもいいのだが。懐にある薄く軽い財布を思い浮かべた。話が決まれば画料の手付けがもらえる。そんな期待を抱いていた。初摺りの錦絵の画料はすでに昨年の末に受けとっていた。

「帰りに番頭のところに寄っていってもらいたい」

大黒屋がせわしげに立ち上がり部屋を出ていった。不安をにじませた清親の心底を大黒屋は見抜いていた。番頭の金兵衛からは、錦絵の増摺りのご祝儀だと金子を渡された。画料とは別に大黒屋が清親のために都合をつけてくれたのだ。

暖簾を押し店の外に出た清親は、清しい空気を存分に吸い込み、大黒屋の心配りをありがたく押し戴いた。懐が潤うほどの額ではないが、これでしばらく息がつけると思った。

二

沈丁花の香が長屋の奥にある稲荷社の辺りから漂ってきている。

二月の六日を経たころ、久々に暁斎が訪ねてきた。土間に続く部屋の上がり框(かまち)に腰をおろして、すぐ帰るからと前置きを口にした。

「精進しているようだな。両国橋と江戸橋、よく描けているじゃないか。江戸橋のほうは少々おかしいところもあるがご愛敬のうちだろうよ。あんたに遣った手本は十分にこなしているということだ」

先生のおかげですと清親は頭を下げたが、そんな通り一遍の礼など暁斎には不要だった。

「あれはあんたの才で描いたもんだよ。礼など要るものか。今日きたのは別の用事があってな」

暁斎は懐から小冊子を取り出した。表紙には『近世女大学』と題簽が付されていた。

「これはな明治になって女子はかくあるべしと説いた書物なのだが、当然だが益軒せんせいのものとはかなり違っている。中身のほうはいいんだが、このなかで挿絵を頼まれてな」

暁斎は本を開いて見せた。女子が学んでいる学校授業の図が見開きの頁にあり、次頁の明治初年の図には煉瓦造りの建物を背景に、親子の三人連れ、山高帽の男と洋装の女、和装の母と息子が描かれていた。

「頼まれても嫌なものはわしは描かん。この書はそれなりに意味があると思えたから引き受けたのだ」

暁斎先生らしいお考えとはおもったが、気の利いた言葉が浮かばず、はあと間の抜けた応えを清親は返した。

「これをあげよう。いつか役に立つときが来るかもしれんからな。さて、あんたのことだ。これから売り出すわけだが、そのうち大黒屋以外の絵草子屋からもいろいろと申出があるだろう。今からでいい。絵に対する自分の意というものが如何なるものか。それを常々考えておいたほうがいい。それだけだ」

暁斎は立ち上がると障子戸を開け表にでた。有り難うございますと言って、後を追ったがすでに暁斎は足早に門口を曲がるところだった。

――なぞをかけられたような気がする。

暁斎先生が言おうとしたのは……おそらく……手本をこなしたところでそれは自分のものではないのだ、ということかもしれない。己の意、つまり己の絵とは一体何なのだろう。

辛夷の白い花が目を楽しませる頃になった。ある朝、大黒屋の丁稚が障子戸の外から、店に来てほしいと声をかけてよこした。

清親は丁稚が知らせてきた時刻より少し前に大黒屋に着いた。店先に待ち構えていた手代の浩助が近寄ってくるなり、挨拶もそこそこに店の端まで連れていかれた。

「方円舎さん、驚かないでくださいまし、今日は三代目の広重さんが同席することになりましてね」

まったく思いもよらないことだった。

「それはまた、どうして？」

降って湧いたような出来事を浩助が語りだした。

旦那さまが半月ほど前から、新しい東京名所図を出す、と何軒かの絵草子屋に内輪話をしていたのが、どう話が回ったか三代目の耳に入ったようで、ひと月ぶりに大阪から戻った三代目が、うちを訪れたのは四日まえのことです。

「東京名所図を出すという話を聞きましたが、版元、水くさいねえ。前からわたしにやらせてくれると言っていたではないですか。この半月じっと待っていたんだが、まったく音沙汰無し。久々にわたしは焦れましたな。新しい話を二つほど断ったくらいでね。堪らずにこうやって押しかけてきたんですがね。わたしにやらせてくれるんでしょうね」

三代目の剣幕は相当なもので、口をはさむ余地もなくまくし立てられまして、東京名所図はアメリカ版画から想が浮かび、その気になった企てで、昨年三代目と話していたものはすでに古びた思いつきとして過去のものとなっていたのです。

『だれもが手にとって買いたくなるような、今の世を新たな目線で描いた絵を出す』というのが旦那さまの構想で、その発想に気をよくして、つい、気持ちが弾んでしまい、周りの者や懇意の絵草子屋にしゃべってしまったのです。方円舎さんでどうかと店の者や職人とも話していたんですが、今までの経緯もあり三代目の申し出をまったく無下にはできません。

「そのことなんだが四日後には絵の中身を示すつもりだがね」

三代目の怒りを和らげようと日数を切ってしまったのですが、

「新しいものを目指すからにはやり方も少し変えてみようかと考えていてね。うちから売り出し中の清親と競い合いで描いてもらえないかと。甲か乙か出来具合を見て仕事をだすつもりなのです」

版元として言うべき事をはっきりと告げたのです。

「へっ、わたしと方円舎を比べるっていうんですか。まいったな。あんな駆出しとねえ。大黒屋さんに拾われて二枚出した錦絵が、あまり評判は芳しくないと聞いている。わたしが何で比べられなくちゃならないんだろう。冗談口も程々にしてもらいたいもんだ」

三代目は本気で腹を立てましてね。売れっ子の絵師として当然の反発でございましょう。旦那さまは競い合いで今までにないものを引き出せるかもしれない、と考えたようでございます。

「すまないとはおもうんだが、ちょっと冒険をしてみたくなってね。どうしても絵師としての沽券に関わると言うなら、まあ言いにくいが降りてもらってもいい。別の話を考えましょうから」

旦那さまは立ち上がりかけた三代目を手で制して、版元としての沽券を示したのです。

「四日後の話を聞いてもいい」

三代目がしぶしぶながら言ったのですが、乗ってくるかは賭けだな、当日、来なければそれはそれとしなければ、と旦那さまは後で申しておりました。

浩助が語ったのは、上がり框で大黒屋と三代目が交わした話だった。

大黒屋平吉が手許の文箱に目をやり、ちょっと手を出しかけたがすぐにひっこめた。時刻は十一時を過ぎていた。

「遅いじゃないか、三代目は。やはり……」

ぼそりと呟いた声音に、かすかに苛立ちがにじんでいる。同席するはずの三代目広重がまだ来ていない。十一時をかなり過ぎた頃、慌ただしい足音が近づいてくるなり、ひょいと敷居をまたいで三代目が現れた。大黒屋のまえに膝をついて座り込むと仰々しく低頭した。

「待たせてしまったようで済まない。来ようかどうかちょっと迷いはしたんだが、逃げたとおもわれたら癪だからね」

三代目が視線を部屋の隅に向けた。清親は姿勢を正して会釈を返した。

「あんたが方円舎さんかい。いい体をしているじゃないか。どこかで会ったような気がするんだが」

「昨年の暮れに日本橋の袂で、お見かけしましたが」

「ああ、見られていたのか。あのときは萬屋さんと呑みに行ったんだったかな」

ふたりのやりとりを黙って聞いていた大黒屋が、

「そろそろ、始めようか。清親さんもこっちに」

自分の近くに来るように手招きした。ふたりの絵師が大黒屋の前に並んだところで、手許に置いてあった文箱を開いた。箱から取りだしたものは見慣れない絵で、さらにもう二枚をとりだし、ふたりの前にならべた。

赤絵でも浮世絵でもなかった。一枚目には、街道に沿って立つ角張った建物のようなものとその前を行く荷馬車が描かれていた。絵の下の縁には外国の文字が書かれている。

あのときに見た絵だ。ひと月半ほど前にこの絵を見せられた。大黒屋が手に入れた商いの材料を少しばかり早めに見たに過ぎない。清親は一瞬、絵師として三代目と肩を並べたような錯覚をおぼえた。

もう一枚は、左手に小高い森が繁り、中央を占める川のせせらぎには小舟に乗る三人が、奥にある石造りの眼鏡橋に向かう様子が描かれていた。題目だろうか、やはり絵の下に横文字が書かれている。

さいごの一枚は、まったく趣が異なっていた。遠くに山波が続き、広い野に咲く白い花のようなものを数人の男女が摘み、袋を山積みした荷車の梶棒を引く男、梶棒に綱をつけて引く男、後ろから荷車を押す男が描かれている。三枚とも摺られた絵のようだ。

石版というやつか、清親はそう思い顔をあげると、隣にいる三代目が腕組みをしている。眉間に縦皺がくっきりと刻まれていた。

「これは、アメリカからはいってきた名所図でね。最初の一枚は清親さんに見せているが、あとの二枚は三日前に手に入れたばかりのものだ。絵の下に書かれている横文字があるだろ。意味が分からないから、義塾の福澤さんのところで聞いてきた。一枚目が南京(なんきん)町で、二枚目は金門公園の湖、三枚目は綿の収穫、という題らしい」

「これは肉筆じゃあないようだが」

三代目が確かめるように大黒屋に尋ねかけた。

「石版刷りというものらしい」

「石で摺るのか？　木を彫るようなわけにはいくまいが」

この頃、ようやく東京でも石版印刷の芽生えがあった。清親が東京に戻った明治七年には玄々堂で石版の試し刷りが行われ、後に高橋由一もこの印刷所で石版印刷を行っている。

「方円舎さん、あんた石版摺りというのをやったことがあるのか」

「いえいえ、わたしにもどんなものか、さっぱり分かりません」

絵を見たことはあっても、版の仕組みまでは知らなかった。

「それにわしらのとは絵柄もまったく違うじゃないか。遠近の法を使っているのはわかるが、ありのままをそのまま写しているような描き方だわな」

作りの分からない絵を見せられた刹那（せつな）の緊張が解けたせいか、三代目は興味津々といった体（てい）を隠さなかった。

「石版刷りというのをやろうというんじゃない。うちは木版屋だからな。出入りの彫師も摺師もいる」

ふたりの反応ぶりを、腕組みし眺めていた大黒屋が口をはさんだ。

「この三枚の絵をどうしろと？」

三代目が訝しげな表情を隠しもせずに大黒屋の顔を覗き込んだ。

「この三枚の絵に共に通じているのは、役者でも美人でも相撲取でもない、そのへんに居そうなただの人の有り様なのだ。名所でなくとも絵になるようなら東京のどこでもいい。今の東京の人と景色、そういう絵を五枚ほど描いてもらいたい。北斎にしろ先代にしろこのアメリカ版画に負けず劣らず、名所や景色、所の人をとことん工夫して描いた。それで人気がでた。同じぐらいの気合いを籠めて描いてもらいたい。とにかく試してみたいのさ。まったく新しいものをな。今は赤絵でそれなりの商売をしているが、いつか飽きられるときがくる。その時にそなえるのさ」

さいごの言回しに仰天して、三代目が目を剝いたのが清親にもわかった。

「まさか大黒屋さん、それは本気なのかね。赤絵の時代はまだまだ続くと、わしはおもっているんだが」

老舗の版元としての流行にたいする読みを、三代目は得心できなかった。

「今すぐ廃れるというのではないんだ。今東京土産として売っている赤絵では先が知れていると思うんだが、三代目はそうはおもわんかね」

正面切って聞かれると、三代目にしたところで未来永劫にわたり赤絵が続くなどと言えるはずもなかった。

「ふたりとも知っているかもしれんが、古物屋や絵草子屋に外つ国の人が来て、浮世絵をごっそりと買っていく。うちにもたまに来るが、赤絵も買うが初代のや北斎、歌麻呂などが特に人気だわな」

幕末の慶応三年パリ万博で日本趣味（ジャポニズム）がわき起こったが、それ以前から外国人の好事家の間で浮世絵の収集は始まっていた。

「それがどうだと言いなさる」

どことなく不機嫌な調子で三代目が問いかけた。赤絵が低く見られているような言い方と、さらには初代の人気をもちだされたことで、機嫌を損ねたようだ。

「自分の国には無い絵を買っていくのさ。もう江戸は終わったのだ。版木はある。摺れば江戸の浮世絵はいくらでも商える。だがね」

大黒屋は真顔だった。

「浮世絵ではない赤絵でもない明治の今の絵を摺ってみたいのさ。浮世絵好きの外つ国の人でも思わず買いたくなるような、今まで誰も描いたことのない、そんな絵をな」

清親は大黒屋の狙いを今確かに聞いた。ありきたりの版元であることを乗り越えてやろうという気概が仄見（ほのみ）えた気がした。方針を聞いたからには応えなければと思うが、果たして己に出来るだろうか。杳（よう）として摑めない難しい課題を投げてよこされた気がする。

「今までにない絵か」

三代目の呆とした呟きが清親の耳に届いた。三代目にしてもやはり摑みかねているのだ。

「今日はこんなところだがこの三枚はここに来ればいつでも見られるようにしておく。番頭の金兵衛か手代の浩助に言ってもらえば、話は通じるから」

大黒屋はちょっと出かける用事があると言い、

「ゆっくりしていってくれ。ふたりで話すこともあろうから、昼の膳をとっておいた。酒も付けておいたから適当にやってくれ。五枚の絵はふた月一寸後の五月十五日、ここに同じ時刻に持ってきてもらいたい。そのときに甲か乙かを決めるつもりだから宜しくな」

最後は駄目を押すようにして部屋を出ていった。

ふーと三代目が深い溜息をついた。

「久々に肩が凝るような話を聞かされた」

独り言ちているようであり、先達であることを清親に示したようでもある。

「ところで方円舎さん、あんたいくつになりなさる」

「弘化四年の生まれですが」

「三十になるのか。わしは天保十三年だから五つ上になる。絵師として世にでるとな、来てほしいと言われれば、西にも東にも行かねばならん。息つく閑もない。正月もろくに休めなかったから、この半月はゆっくりしたわけだ。しかし大黒屋さんの話が気になってな。贔屓の筋がたくさん居るというのも骨がおれるものさ。あんた、先生は誰だい」

「じっくりと附いて学んだわけではないですが、暁斎先生に何度か手ほどきを受けまして、あとは見よう見まねで」

教えを求めて通い詰めるというほどではなかったが、この二年、暁斎から得た絵手本をもとに、心血を注ぎ描きまくった日々が沸々と甦った。絵の出来上がりに手応えを感じた瞬間も幾度かあった。

「へえ、暁斎に教わったが弟子ではないと。よく分からんが、師匠無しであの橋を描いたのかね。たいしたもんだ」

両国橋と江戸橋の絵のことだ。どこまでが本音だろう。江戸橋の構図のわずかなゆがみが気持の底にひっかかっている。師匠がいればもっとまともな……という棘を含んだ言いまわしのように清親には聞こえた。

ごめんなさいな、と言い大黒屋のふたりの女中が昼の膳をささげて部屋に入ってきた。膳には銚子が二本ずつ乗っていた。

どうぞ召し上がってくださいまし、と年かさの女中が言い、膳を二人の前においた。銚子を傾け盃に酒を注ぎかけてくる。江戸の頃、小林家の当主になった時の祝膳以来の馳走だった。三代目と盃を交わした。杯が進むに従って饒舌になっていく三代目は、こういった席には馴れているようだ。

半時ほど酒肴を楽しんで大黒屋を後にした。店を出る際、三代目がふたりの女中に心付けをさりげなく渡しているのを見て、清親は出し抜かれたような気がしたが、士族がするべきことではないと思うと気持はすぐに治まった。帰る方角は右と左に分かれている。

「方円舎さん、どうだい描けそうかい。まあふた月後には判るが。せいぜい励むことだ」

さっきまで酒を酌み交わし、にこやかに振る舞っていた三代目はすでに素面(しらふ)に戻っていた。すこし距離をあけて清親を見あげる表情に笑みを含んだ余裕が浮かんでいる。

「そのつもりでいます」

言葉少なに清親は答え、ではまた、と付け足し踵(きびす)をかえした。先輩面をして見下している三代目の励ましを素直に受け取るわけにはいかなかった。

——己の僻目(ひがめ)かもしれんが、負けるものか。

背負いきれないほど多くの赤絵を描いてきた三代目に、まったく新しいものなど出来るものだろうか。それに比べ己にはたった二枚の絵しかない。何もないようなものだ。だからこそ、己の内に三代目に勝てる絵がきっとあるはずだ。これをやり遂げるために今までの精進があるような気さえしてくる。描くことは生きることに他ならない。清親はみずからの生き様を今更ながら覚ったのだった。

三

三月の中を過ぎ桜が咲き始めたところで、両国橋と江戸橋の第四摺りが同時に出ることになった。このときも大黒屋は、絵師として踏み出したばかりの清親に気を配り、心付けの金子を支給した。これには大黒屋が書き下ろした本の挿絵の画料も加えられていて清親の懐は少しばかり潤った。四摺りで東京にあるほぼすべての絵草子屋に清親の錦絵が掛けられることになった。

そろそろいいだろう。清親はきぬを呼ぶことについて、大黒屋に相談をかけた。

「名所図の結果を見てからと考えていたんだが、あんたがそうしたいと言うなら反対はしないよ。呼び寄せるといい。競(きそ)いに勝つ目処(めど)があってのことだろうからね」

大黒屋はものごとの順序を言ったにすぎなかった。清親にとっては快く賛成してくれるに違いないと思っていた大黒屋の、冷めた反応は意外なものだった。気配りはしても版元と絵師との関わりであることを、はっきりと言い渡された気がした。

商いに長(た)けているだけあって私事より仕事に重きを置く人なのだ。それはそうだ。商売が大きく回るような絵を描くことこそ大黒屋が求めていることなのだから。暁斎先生のような身内めいた間柄とはもとより違うのだ、清親は己に言い聞かせた。

二か月ほど前、東京の書林から版行された冊子の編集に余業として携わった。その代金も近々入ることになっている。

静岡にいるきぬに手紙を認(したた)め送った。母の三回忌を九月に行うつもりで、その前に呼び寄せるつもりであった。

東京名所図の下絵は五月中ごろ前までに描かねばならない。何としても三代目に勝ちたいのだが、思うように捗(はかど)ってはいなかった。何をどう描くか、帳(とばり)が掛かったようにぼやけ形を成してこない。とりあえず手初めとして、いつでも手元で見られるようにアメリカ版画三枚を模写しておいた。出かける際は懐に収め歩き回った。景色を眺め、ひとの様子に目を遣りながら、なにかないものかと注意を注いだつもりだった。暁斎先生に言われた自分の意というものが、どこに有るのかも未だ摑みかねていた。

きぬからの返事が届いたのは十日ほど経ったころで、代筆と判るいかにも手なれた筆致で、あっさりとした返事が綴られていた。

東京に上りたい気持ちは十分にあるが、静岡を出るのは初めてのことであり、ひとりで行くのは不安である、という内容であった。清親は折り返し、東京に上る用事のある親類縁者がいたら同行を頼めないかという趣旨の返信を送った。

九日後には早々と返事が届いた。

そこには前置きとして、三年前に公布された地租改正への反発が農民の間で高まりをみせていて、静岡だけでなく愛知、岐阜、三重のあたりにも不穏な空気が広がっているらしい、と書かれていた。百姓暮らしの立ち行く先がどうなるか。その問題がいま目の前に立ちはだかっている。百姓を生業(なりわい)とする実家にやっかいになっている自分が、今の時期、周囲を頼り東京に出て行くというのは、やはり言いづらい。東京の話が出たりすると、年に数通しか便りをよこさない旦那なんぞとは別れてしまえ、と言い出す親戚もいる、という。文末は、どうぞお察しくださいませ、との文言で結ばれていた。きぬが手ずから書いた文のようだ。

これは、行かなければ。東京に住み暮らす己と静岡の在にいるきぬとでは生きる術がまったく違う。そんなことは六年を静岡で過ごしていて、分かっているはずだった。絵師になるための精進にかまけ、きぬへの心配りを欠いていた自らを秘かに恥じた。

ただ現実というものは往々にして想いとは別物である。懐が少々潤っていても、ふたり分の旅の費えを賄える額ではなかった。

清親が往き、きぬを連れて帰るには大黒屋の援助を仰がなければならなかった。大黒屋を訪ねて通された居間で、平吉を前に深々と頭をさげた。思いきってきぬを迎えに行きたい旨の話をした。

「名所図の下絵は、すでに頭の中でほぼ出来上がっております」

清親は言ってのけた。それは虚言であったが強い願望であり意志ともいえるものだ。

「そうですか。それは重畳。行ってあげなさい。おきぬさん一人で道中するわけにもいくまいよ」

下絵の話を大黒屋がまるまる信じたとは思えなかったが、絵師としての清親が一度口に出した言葉だった。気安く翻せるものではなかった。

過分とも思える餞別を大黒屋から頂戴し、きぬを迎えに旅立った。道中幾度となく、嘘ではない必ず下絵を描きあげると唱えながら歩を進めた。唱えることで後ろめたさを拭いたかったが、容易に消え去るものでもなかった。

八年前にもこの街道を通った。殿様に従い京都に上ったときであった。伏見で戦に負けて江戸に逃げ帰ったときもこの街道を忙しなく走り、歩いた。二年前には母と共に江戸に引き上げてもいる。

右手に見え隠れした浜名の海は、今は山陰(やまかげ)に隠れてしまっている。

田畑の先の方にきぬの住む鷲津村が見えはじめた。日は中天にあり、生えそろった田の苗が野面を一面の緑に染めている。風がそよぎ緑の海原に波頭がたった。青い空の下に広がる見慣れたこの景色こそ、この地に住んでいた清親の胸の内に、生きる力のようなものを与えてくれる源であった。わずか二年しか経っていないが、しみじみとしたものが胸に溢れた。

きぬの実家は江戸の頃には本百姓をしていて、その面影は屋敷と生垣にのこっていた。富農らしく低木に囲まれ、門は小ぶりな柱を左右に配していた。清親は勝手口に行き、声をかけた。あらかじめ知らせておいたせいか、すぐにきぬと義父母が上がり框(かまち)に現れた。

清親の無沙汰の挨拶を板の間で受けると、そのまま客間へと通された。きぬは別れたときよりも幾分ふくよかな顔立ちをしていた。

土産には清親の二枚の錦絵を持参した。四摺りを土産にしたのだが、摺師の亀吉はアニリンを使った赤絵として仕上げていた。

「これはわたしが描いて、大黒屋という東京でもっとも大きい版元が出したもので、まあ絵師としてなんとか踏み出せたわけでありましてな。東京見物に来た人がよく買って帰るものなのですよ」

清親はそういう自慢げな説明をしている己が少しばかり厭わしかった。二年の不在を言い繕っているようであり、きぬの一家に阿っているようでもある。内心忸怩たるものがあったとしても、言っておかなければならないと思ったのだ。

おめでとうございます。清親の想いなどまったく知らぬげに、義父の茂治が祝を述べた。義母の八重ときぬも父の言葉に倣った。

このとき三十ほどに見える男が、白く乾いた庭先に入り込んできた。家の中を覗き込んでいる。突如、

「きぬ、いるか。客人が来たってほんとか」

濁声でさけんだ。山三郎といいその名のとおり代々山持ちの親戚筋の男だった。とっさに義母の八重が縁側に出て、

「なんの用か知らねえがの、後にしてくれねえか」

手で追い払うような仕草をして山三郎を去なそうとした。

「そうはいかね。男の客人だろ。旦那か」

山仕事で鍛えた体を誇るように仁王立ちしている。

この男が別れろと言っている本人だろうと清親は見当をつけた。するりと立ち上がると縁側に向かった。

「旦那様……」

きぬの狼狽したような声が聞こえたが、すでに清親は縁側の端に立っていた。六尺を超える身の丈では、庭から眺めてみても顔は見えない。山三郎が縁側にそろそろと近づいてきて、見上げた。

無言だった。必死に何かを思案するような表情が浮かんでいる。

「わしに用事でもあるのか」

清親に上から見下ろされて尋ねられ、さっきまでの勢いは消え失せている。

「もしや何年か前に撃剣を披露していた士族さまではないですか」

「ほう、見物してくれたのかね」

「へえ、たいそう立派な風采で忘れられるものではありません」

「わしがきぬの亭主だが、あんたとは遠い親戚筋にあたるらしい。今後もよろしくな」

山三郎はだまったまま清親を見上げ、さらになにか言いたげな表情をしている。そのとき、突如きぬが足音をたて、清親と八重のあいだをすり抜けるようにして、裸足のまま庭に下り立った。

「どうか、おゆるしください」

きぬが土下座して許しを請うている。山三郎もきぬの脇に来るなりひざまずいた。

「きぬ、なんのまねだ」

縁側にでてきた茂治の鋭い叱責の声が響いた。清親の足元では八重が額ずいている。ふたりはできているのか。きぬの母親はそれを知っているのだ。

これが二年の不在の結末か。

きぬがお察し下さいと書いて寄こしたのは、東京に出たくない、それだけではなかった。二年という歳月の隙間に男を作っていた。間抜けとはこういうことか。

思わず笑いがこみ上げてきた。同時に黒々とした怒りもこみあげてきた。頭にとくとくと血が上った。爆発しそうだ。

「このままでは済まさん」

清親は野太く叫んだ。振向いて床の間を見据えたが、百姓家に刀がある筈もない。ましてや士族に対し廃刀令がでたばかりだった。

六尺を超える大男の咆哮に、きぬと山三郎が門に向かって逃げ出した。手をとりあっている。

清親は縁側から飛び降りるとふたりを追った。

門を出ると道はいったん下り、その先で右手の丘と左手に広がる畑地に分かれている。街道の行き来で培った脚力で清親はたやすくふたりに迫っていった。山三郎がきぬの手を突き放し丘へと向かっていく。きぬは畑地の側に入っていった。清親は山三郎を追った。

——腕の一本でもへし折ってやろうか。

そうしろ。怒りを示してやれ。恥辱を晴らせ。暗い囁きが胸の内を満たしてくる。

目の前を走る山三郎の腰をめがけ体ごとぶつかっていった。ふたりはもつれ合い地べたにころがった。清親はすぐに上体を起こし山三郎の右腕をひねりあげた。

「やめてくだせー」

きぬの叫び声が清親の耳朶（じだ）をうった。きぬが息を切らし背後に立っていた。

「この人はな、飯（まま）の不自由はさせねえと言ってくれてる。あんたとは違うんだ。おねげえだから東京へ帰ってくれねえか」

仁王立ちしたきぬが泣き声で訴えてくる。清親は刹那に気が抜け山三郎の腕を放した。

「大丈夫け」

きぬに問われて山三郎がゆっくりと立ちあがった。ふたりは丘の上へと向かっていく。右腕をさする山三郎をきぬが労（いたわ）っているように見える。

――あんたとは違う、か。

陽射しを溜めた生ぬるい風が清親の頬を舐（ねぶ）っていった。畑地のはるか先に浜名の海が煌めいている。何事も無かったかのように平穏で凪いだ海が眩しかった。

「いったいおれは……」

呆然と座り込んでいる清親に注ぐ陽射しが染まり始めた。静寂が清親を包み込んでいる。海が茜の輝きを増してきた。

もういい。日のあるうちにここを離れよう。清親は義父母の家に引き返した。

別れ際、少々の金子を茂治に手渡し礼を言った。祝言をあげて以来世話になったことへの最初で最後の気持ちである。これでこの家との縁もすべて切れたのだ。淋しいような腹立たしいような清々したような、ない交ぜの気持ちが一体となり胸の内に渦巻いた。

街道に出て、門口で見送る義父の姿が見えなくなったとき、突然、大黒屋の面差しが浮かんだ。きぬの実家への面目を施せたのは、大黒屋松木平吉の心遣いの餞別があってこそのものだ。

しかし餞別を恥ずかしげもなく受け取り、嫁を迎えに行ったつもりが、間男され仕置もせずに手ぶらで帰ろうとしている。あまりに滑稽な己はどうすればよかったのだ。

そんなことを今更考えても詮方あるまいに。どうにも出来なかったではないか、胸のうちから叱咤の声が聞こえてくる。

きぬの発した、飯の不自由はさせねえ、という言葉が街道を進む間中、絶え間なく浮かんでは消えた。

大黒屋の暖簾を分けて清親は店のたたきに立った。

「これは方円舎さん、いらっしゃいまし」

手代の浩助が目ざとく声をかけてきた。

「版元はおられるかね」

「はい、旦那さまは奥におりますので、どうぞそのままお上がりくださいまし」

平吉の居間へと向かった。

「方円舎ですが、ご挨拶にまいりました」

部屋の手前で清親は声をかけた。座敷の奥で大福帳をめくっていた手を休めて大黒屋がふりむいた。

「さっそくに来てくれましたか、遠慮などせずに入っておくれ」

清親は大黒屋のまえに進み額ずいだ。おや、といった顔をして、

「おきぬさんは一緒ではないのかい」

大黒屋が当然のように聞いてくる。

帰りの道々で清親は考え続けた。どう説明しようか。せっかくもらった餞別の大半を無駄にしてしまったことも気を重くしていた。そのままを話すしかない、当たり前すぎる結論だけが明瞭に脳裡を占めている。

大黒屋がだまって清親のはなしに耳を傾けている。

道中の汗とほこりにまみれた巨漢が潮垂れた風情を漂わせて、去っていった女房の話をしている。大黒屋にとってこれほど憔悴した清親を見るのは初めてだった。

「そういうことでしたか。まったく思いもよらぬ事のようでいて、それなりの理屈で人は動くというものかもしれませんな。とにかく離縁状を書かなければなりません」

さいごをやけに明るい調子で大黒屋が言った。

「清さん、こんどはもっとちゃんとした嫁をもらわないとな。どうだろう、わたしに心当たり

が無くはないんだが。しっかりと身を固めるのに、言い方は変だが、ちょうどいい頃合いだと思うが、そうするかね」

不出来な嫁をもらったのが悪いと言われたようで、一瞬腹が立ったが、この言い回しは大黒屋の励ましなのだと思い直した。世話をやいてくれると言うなら、そうしてもらおう。無言のまま清親は頭をさげた。

清親は餞別の礼を言い残りを返そうとしたが、返すようなもんじゃないと大黒屋は受け取らなかった。ならばと、帰りの道中で一泊した横浜の様子を土産代わりに話した。

久々に横浜を歩き回った清親だが、外国人が暮らす居留地に足を踏み入れたのはワーグマンとの悶着があって以来だった。海岸仲通りにワーグマンの家はあったが、そのあたりも更に繁華な街に変貌していた。かつて肖像写真を撮った下岡写真館に立ち寄り旧交をあたためたりもした。

三代目が昨年描いた横浜郵便局にも入ってみた。近くに立つジャーマンクラブや税関所に劣らぬ規模があり、開業してまもない堂々とした白亜の局舎を外から眺めたとき、横浜でも時代が躊躇なく進行しているのを感じさせられたのだった。

きぬに離縁状を書き送って十日が過ぎた。

大黒屋から店に来るようにとの言伝(ことづ)てが届いた。何だろう。まさか、嫁の話だろうか。いやちょっと早すぎる。下絵のことなら三代目も呼ばれているに違いないが。清親の住む本所若宮町から大川を渡り両国吉川町へは四半時(三十分)ほどかかる。大黒屋の客間には先客がいた。

「清さん、急な呼び出しで済まなかったね。こちらに」

床の間を背負った大黒屋が手で畳をたたき清親の座る場所を示した。部屋の奥側にすわる若い男女の真向かいに、清親が座る形になった。ふたりとも二十歳を超えたあたりだろうか。

「おふたりは兄妹で波多野三郎どのと路どのといい、わたしの本家の遠縁に当たる方なのです」

巨漢で散切り頭、目鼻の造りが大きい清親を見上げ、ふたりが一瞬おののき、目線を交わした様子が世慣れていないふうにも見えた。

「おふたりの親御どのの家は元は会津の御家中でね。御一新で非道い目にあって、北の果てに近い下北に入植したが、とても人の住める場所では無かった。廃藩後に南の二戸(にのへ)の地に移ったが厳しさに変わりはなかったらしい。父御が亡くなられて、開墾を見切って江戸に出てきたのが昨年の暮れの頃で、母御は旅の疲れがでたのか気の毒なことに今年の一月に他界されたということで、そうでしたな」

大黒屋に視線を向けた兄が頷きのみを返し、妹は目を伏せ黙したままである。

「波多野家はお城で賄い方をされていたということで、わたしの本家が口をきいて茅場町の酒問屋に働き口を世話したわけです。いまはおふたりで霊岸島の長屋にお住まいだが、路さんは今年二十一、年頃なのでわたしがお節介を焼こうと、そういうことなんです」

やはり見合いだった。清親はあらためて路を眺めた。兄の三郎の視線は感じるが、路はうつむいたきり黙して、左手で右手の親指を揉むような仕草をしている。

「右手をどうかなされたか」

「最初の開墾地で寒さにやられたのです」

路をかばうように三郎が答えた。路が唐突に右手の親指を清親に向って突きだしてみせた。親指の先が欠けている。

「御心配には及びません。今は痛みはないのですから」

路の表情に強ばり（こわ）が浮かんでいる。

「これが醜いとおっしゃるなら」

と言うなり、路が辞儀をし立ち上がりかけた。

「まってください。恥ずかしがることなどありはしない。家族とともに励んだ証しではありませんか」

路は座り直し、

「父も同じことを言いました」

清親をみつめて言った。そうだったな、兄の三郎も諾（うべな）った。

「路どの、これをご覧あれ」

清親は左手をふたりに向けて突きだした。親指と人差し指の付け根に武骨で大きなタコがある。

「懸命に努めた末には得るものがきっとある。だが失ってしまうものもあるかもしれない。肝心なことは自分が得心できるか否かではありませんか」

目の前に座る三郎が頷き、口許にかすかに笑みを浮かべた。

「小林様の言われるとおりだと思います。松木様からはあなた様のお話をよくよく伺い、こうしてふたりでやってまいりました。路、何れにせよおまえの気持ち次第だからな」

優しげな口調だった。路が瓜実顔をあげ兄と見交わした。それだけで兄妹の気持ちは通じあったようだ。路は姿勢を正して清親を真っすぐな眼差しで見つめた。

「不束者ですが宜しくお願いいたします」

清親にむかい深々と頭をさげた。

「未熟者ですがよろしくお引き回しください」

三郎が親代わりらしい口を利き、頭を下げると路もそれに倣った。

清親が大黒屋に視線を向けると即座にうなずきを返してきた。

——この話、ほんとうにこのまま受けていいのか。

きぬの二の舞にならないか。

「路どの、お聞き及びと思いますが、わたしは一度しくじっている身。静岡で百姓や漁師の真似事をしたが方便を立てられず、愛想をつかされた。絵師といってても未だかつかつの暮らしをしている」

「清さんその話は」

「大黒屋さん、いまわたしの口から言っておかなければ、事の次第に依っては路どのをあざむくことになるやも知れない。あえて言わせて頂きたいのです」

「まあ、そうですなあ」

大黒屋が溜息混じりに応えた。

「五月の中ごろまでに五枚の下絵を描かねばなりません。明治の世を有り体に写実に描く。今までにない新しい目線でね。競い合う相手は三代目広重さんです。手強い相手です。わたしが勝てるかは未だ分からない。大黒屋さんの御眼鏡にかなう絵が描けるかは、これからの精進にかかっています。絵の出来如何(いかん)で苦しい暮らしが続いてしまうかも知れない。それでもよいと言われるのなら」

路が再び姿勢を正し、

「わたくしを小林さまの精進に添わせてくださいませ」

清親を見据えて言い、深々と頭をさげた。

清親の胸の内に懸念を吐露できた安堵がひろがった。だが貧が清親から去っていった訳ではない。所帯を持つことへの一抹の不安を感じながら、清親もまた低頭した。

「いやあ、これで決まりだな。よかったな清さん」

見合いの成就(じょうじゅ)に大黒屋はことのほか機嫌のいい声をあげた。

緊張が解けたのか路の顔に赤みがさし、ほんのわずか笑みが浮かんでいる。その慎み深げで芯を感じさせる態度のなかに、貧にありながら苦言を口にすることなく耐えた母知加と同じ匂いのようなものを清親は感じた。それは、かつて武家の女がもっていた矜持(きょうじ)であり、清親にそこはかとない平穏をもたらすものでもあった。こんなふうに新たな始まりがやってくるのか。清親は人の巡り合わせの妙を思わずにはいられなかった。

見合いの後、

「競い合いの結果をみてから祝言の披露目をしても遅くはない」

大黒屋からふたりは言い渡された。

そういうことか。商いが優先されるのだ。祝言をあげることになれば版元松木平吉の遠縁に繋がることにもなる。目を掛けてくれる恩人ではあるが、駆け出しの絵師を精進させる術を心得た版元であることにちがいはなかった。

三日後の午後、路は清親の住む若宮町の長屋にやってきた。兄と二人だけの長屋暮らしだったということもあり、手にした荷物はわずかに風呂敷包み一つだった。

翌朝、朝餉のあとの片付けを終えた路が、縁側の隅に座り本を読んでいた。暁斎がくれた近世女大学だった。

「暁斎という絵師が挿絵を描いていますね」

手洗いから戻った清親に気づいた路が顔をあげて言った。冊子を覗き込むようにして清親は路の横に腰を下ろした。

「明治初年の絵など大したものだろう。遠近の法もきっちりとこなされている」

「アメリカ版画の南京町にも似通っていますね」

清親は思わず路の横顔を見つめた。アメリカ版画の模写絵は普段は文机の上に置いたままにしてある。

「見比べたのか」

「ええ……いけませんでしたか」

「いや、そんなことはない。本当に仕事を手伝ってくれるのかと、ちょっとびっくりしたのさ」

「この本に書いてありました。夫婦は吉凶禍福をともにすると。お仕事を手伝うことは、吉と福を家にもたらすに違いありませんから」

「なるほど」

本を読みこなし、意気込みを口にする路が目の前にいる。明治を生きる女はかくあるべしと言う暁斎先生の張りのある声が聞こえるようだ。この冊子を置いていってくれた意味が分かったような気がした。先生の慮りと路の素直な志のようなものが清親には有り難かった。仕事に役立ってくれるかは分からないが、共に働き生きようと言ってくれる妻を得たことが心底嬉しかった。

「明日から絵になりそうなものを探し回ってみようか」

うなずいた路の顔に二心のない笑みがあふれた。模写した絵を懐に東京を歩きまわることにした。

四

咲き誇った桜が散り果て、陽気は春の盛りを告げている。清親と路は文机の上にあるアメリカ版画の模写絵に見入っていた。

「この南京町に似た建物のある場所はどの辺でしょう」

東京を知らない路には、町がそれぞれに醸す雰囲気の違いや建物についてなど、まったく分からない。

「この絵ほど立派な並びではないが、やはり銀座ということになるだろうな」

「では、さっそく参りましょう」

路は勢いよく立ち上がると台所と出入口のある土間へと向かった。

「二里ほどあるからそのつもりでな」

清親は路を気遣ったつもりだった。

「歩くことなど、どうということはありません。木の根の鋤(す)き起こしに比べたら極楽みたいなものですよ」

朗らかなよく通る声が返ってきた。そうだったな、清親は独り言ちて土間に向かった。

本所若宮町から両国橋をわたり、浜町、久松町を抜け親爺橋を進み、日本橋の北詰に辿り着いた。軒を連ねる魚市場から生ぐさい臭いが漂いでている。

「この辺でほぼ歩き終えたことになるな。こちらの魚市場は朝の賑わいが一段落しているが、江戸の頃はな、日本橋通りは大店の並ぶ日本一の商いの町でもあった。今はこのありさまで、ずいぶんと寂れてしまった」

清親は通りを眺めやり嘆息をついた。

御一新となり江戸詰めの藩士が帰郷し、人口の激減により東京は江戸の頃の賑わいを失っていた。それを補うかのように、明治五年に起きた銀座大火を機に、橋の架け替えや赤煉瓦の耐火建築が盛んに行われるようになった。日本橋も擬宝珠（ぎぼし）のついた太鼓橋から馬車の通りやすい木の平橋に替えられている。

「銀座は橋を渡った先ですか」

「うむ、もうちょっとだ」

ふたりの足の運びが心持ち早くなってきている。

「左手の先に見える二階建の洋館が電信局だ。暁斎先生の絵に似ているだろう」

橋の中ほどで清親が指差した先にその建物はあった。暁斎を師と仰いでいることはすでに話してある。

「ほんとうですね。先生はあれを描いたのでしょうか」

「そうかもしれんな」

日本橋を渡りきり、しばらく進み石造りの京橋を越えた辺りから、町並みが洋風に変わってきた。銀座の二丁目にさしかかっていた。

「あそこでおばあさんが拝んでいますが、神社かなにかですか」

路が指さす先にはレンガ造りの二階建の建物が続いていた。建物の前を荷を積んだ大八車がゆるゆると進んでゆく。通りの向こうにある建物の入口の前で、丸髷の老婆がぽつねんと立ち、手を合わせている。

「あそこはちょっと前まで、えびす屋という呉服店だった所だから神社ではないが、さてどうだろうな」

ふたりのまえを人力車が勢いよく風を切って通り過ぎていった。

「ここは、東京銀座日報社というところで、おおぜいの人が働く仕事場でね。立派なもんでがんしょ」

車夫が大声で羽織袴姿の年配客に紹介している。

「仕事場と言ってましたね」

走り過ぎた人力車を見送りながら路が確かめるように聞いてくる。

「日報社といってな、新聞を出しているところで、むかしの瓦版屋のようなものだ」

これがいいかもしれん。建物の外見は新しいが、中身は昔からあるものとそれほど変わらん。会社の前を昔ながらの荷車が行き、今様の人力車が走る。これにしよう。

清親は鉛筆と写生帖を取りだし、いましがた目にした光景をさらさらと描いた。すでに頭の中に絵がまるまる収まっていた。

翌日、一日かけて清親は下絵を描いた。写生帖をもとに大判の絵に描きなおし彩色を施した。路が時折のぞき込んでは日報社の周りの景色について口をはさんでくる。日報社の前を人力車が走る図となった。客は羽織姿の男ではなく、路に似せた女子にした。今は女子も憚ることなく人力車に乗る時代になった。とにかく人を描くことが肝要だ。そんな思いが清親の胸中に芽生えている。

朝の陽に満ちて、切ないほど青く澄み渡った空が広がっている。暁斎先生と路がこの絵の下敷きになってくれたのだ。

金門公園の湖を描いた模写絵を路とのあいだに置いて、清親が腕を組み瞑目している。路の言ったことがわずかに気にかかっている。

「この絵を見ていると、ついつい舟に目がいってしまいますね」

路は絵を実によく観ている。

「それにこれは渡し舟ではなさそうです」

三人が乗り合わせて座り、中央の若い男が両側に出した櫂を前後させて、小舟を進めているように見える。

「湖から流れ出る川に舟を浮かべて楽しんでいるように見える」

「他に舟はみえませんね」

「大川もな、魚送り船が多い河口は混み合うが、少しばかり上に行くと静かなものさ」

「夏の花火の賑わいは大変なものだと聞きますが」

「初代の広重が描いたとおりさ。この絵だがな、路、つまり肝は何だと思う？」

「そんな難しいことは分かりません」

「むずかしく考えなくていい。思ったとおりでいいから」

「この絵を描いたひとは、ゆったりと流れて橋へと向かうこの川を好んでいるのではないでしょうか」

「わしも同じ風に考えていたよ。やっぱりそうだな」

清親は絵師のもつ力量というものを想った。絵師が描きたいと心底思わない限り、見る側を惹きつけることなど出来はしないだろう。

「なにを考えています？」

「わしの好きな川の景色はどの辺りかと想い浮かべていたんだが、大川がゆるやかで広々している所だろうなと思ったのだよ」

「そういう所ならぜひ見てみたいです」

「それじゃあ行ってみよう、渡し舟もある」

厩橋（うまや）を渡り川沿いの道を橋場（はしば）へむかった。

橋場の渡しは母の供をして渡った懐かしい場所だ。東本願寺に詣でた帰りには、川を渡り白髭神社に立ち寄ったものだった。川の流れがゆるやかになる所で、水を怖がる母が珍しく好んだ渡し場であった。よく晴れた日などに、青い空を映す川面に手を差し入れて、清親に気持よさげな笑みを向けたこともあった。

今はまだ母との思い出を路に話すつもりはなかった。母の居場所はしばらくは自分の胸の内にあればよいことだ。

「いいところですね」

どうやら路も気に入ったようだ。

向こう岸に聳える大木の緑が鮮やかに水面に映っている。こちらにくる舟に母親と男の子が乗っていた。川面をさわさわと吹く風が川の匂いを運んでくる。船頭の漕ぐ櫓の音が徐々に近づいてきた。渡し場に降り立った親子が手をつないで目の前を通り過ぎていった。遠い昔の自分を見たような気がした。

やっぱり人だ。人が居てこそ景色が意味をもつのだ。

気がつくと路が自分を見上げている。路も親子連れを見ていたようだ。なにか言いたげなそぶりをしたが、それだけだった。

いまは路がそばにいる。清親は舟の乗合客を想い描き、母と自分それに路も加えることにした。清親の頭の内で、見慣れた景色は下絵として十分に仕上がっていた。

帰路につこうとして、ふと思い立った。

「ちょっと寄ってみたい所があるが、足のほうは大丈夫か」

「はい、もうひとつ絵になる場所があるんですね」

路が余裕の笑みを浮かべて答えてくる。図星を指されたが、

「ほう、よく分かったな、そのとおりだよ」

なかなかいい勘を働かせるものだと清親は思った。白髭神社に参拝し小梅村を回って本所若宮町の家に帰ろうと考えたのだった。

初代広重の名所江戸百景に四ツ木通用水引き船がある。アメリカ版画の綿の収穫図にあった、荷車の梶棒に綱をかけて引く男から浮かんできた着想であった。

小梅村の用水に辿り着いたとき日は西に傾いていて、川沿いに立つ松の葉群に残照がそそいでいる。

「ここがそうですか」

路の声には意外なといったひびきが含まれていた。橋が無くおおきく湾曲しているごく細い川にしか見えない。

「もう、仕事終いしてしまったかもしれんが」

広重がかつて描いたこの景色を清親は見ておきたかった。

今は藍色をした空の下方に、日没後のいくぶん白みがかった光が残り、その中に黄色みを帯びた満月が浮かんでいた。川は月の光をあび、かすかに揺れながら銀の帯のように流れている。

「あれですか」

路の指さした先に、夫婦者が綱をつけた舟を引いて上ってきた。舟の中には兄と妹と思しき小さな子どもがいて、嬉しげにはしゃいでいる。

「そう、あれだよ。初代が描いているが、綿の荷を牽くアメリカ版画と似ている。そう思わないか」

ええと言って路が大きく頷いた。初代の絵を出しにして三代目に申し訳ないような気がしたが、この場所を三代目が選ぶかどうかはまだ分からない。清親は写生帖に手早く描きとった。

「今日は二カ所も描けたんですね」

写生帖を覗き込んだ路の声が弾んでいる。ふたりは足早に帰路についた。途中、清親の脳裡に綱を引く光景が甦った。

「むかしのことになるが、静岡で地引き網を引いたことがあった」

「そうでしたか。それを思いだしたんですね。引き舟の仕事も大変そうだけれど」

路が一瞬黙り込んだ。

「こどもたちが賑やかで楽しそうにしていて、あんなふうに……」

兄のこと両親のことでも思いだしたのか、ひとこと言いだしかけたが結局口には出さなかった。

「なれるさ。そのうちにな」

曖昧に応えた清親を路がちらりと見上げた。

薄暮の微光は消え失せ、満月を包み込むような漆黒の帷（とばり）が下りようとしていた。二羽の蝙蝠（こうもり）が追いつ追われするように闇の中に飛び去っていった。ふたりは急かされるようにして歩を進めた。

翌日から二日かけて、橋場の渡し図と曳き舟の夫婦図の下絵を仕上げた。人に添う景色を描く、それが肝要なのだと清親は思う。

「間に合いそうですか」

路が仕事を終えた清親に声をかけた。大黒屋に申し渡された期限まで、あと九日ほどになった。

さらに二日が過ぎた。金門公園のアメリカ版画が目の前に置いてある。

「この眼鏡のような形をした橋は、錦絵の江戸橋に似ていますね」

「そうなんだが、また同じ橋を描くというのもちょっと能がないわな」

そうですねえと路が嘆息まじりに応えた。

「この二日間、広重の名所百景を見ていてふと気づいたのだよ」

路が顔をあげ視線を清親に向けた。

「江戸の頃に描けなかった橋がいくつかある」

そう言われても路にはまるで見当がつかない。

そうなんだと言わんばかりに清親はおおきく頷いてみせた。

「それはどこにあるんです？」

「日本橋や両国橋など町屋に架かる橋は描けても江戸城に架かる橋は御法度だった」

「さっそく見にいきましょう」

路はもう立ち上がっている。清親の思いつきに急かされるようにふたりは皇城へと向かった。

「明治になって皇城になり橋を描けるようになった。どうせなら一番奥まった橋にしよう」

清親は少々浮かれ気味に言った。日本橋通りを進み、右に折れて鍛冶橋（かじばし）を渡り馬場先門から皇城前の広い空き地に辿りついた。

「あれが大手橋だ。その奥にあるのが下乗橋（げじょうばし）といってな二重橋とも呼ばれるが江戸のころはあそこで馬を下りなければならなかった」

清親が指差して説明していると、空き地に接する近衛騎兵隊の営舎の門口から、近衛兵が馬を駆って空き地を直進しようと跳びだしてきた。馬が走り近づいてきたのに驚いて、広場を歩いていた用足し帰りの小女（こおんな）が走り出そうとした。

あぶない！　騎兵が避けようと左に進んだが、小女も同じことを考えたようだ。とっさに清親は走り出すと、

「走るな、止まれ」

怒鳴った。騎兵が手綱を強く引きすぎたせいか、馬もろとも棒立ちになった。小女もその場に踏み止まり既の所で衝突は避けられた。あと一間ほど踏み出していたら小女は馬の足蹴にされていたかもしれない。清親が騎馬と小女の間に入ったとき、騎兵が馬を下りて近づいてきた。

「おぬし小林ではないか」

鳥羽伏見の戦に加わり、江戸に戻った後、榎本武揚に従い北海道に向かったと噂された元御家人であった。

「近衛兵は薩長土の兵が主だと聞いたが」

予期しない邂逅と意外すぎる奉職先に思わず清親は問いかけた。

「まあいろいろ曲折はあった。今は近衛兵としてこうして皇居の警備に当たっている」

躊躇いもなく返してきた。清親は自分の住まいを告げて再会を約すと、職務に戻ると言う男を見送った。新政府に鞍替えした御家人を清親は何人も知っている。

――いろいろだ。

己は絵師になろうという一心で、かつて将軍の御座したこの場所までやってきたのだが、あの男は近衛兵として天皇に仕えている。仕事に誇りを持っているようだ。女連れでかつての江戸城のまわりをうろついている己をあの男はどう見ただろう。絵師として錦絵を出していると言ってみたが、ほうと意外そうな声を遣しただけだった。そこまで思いを巡らせたところで、路が目の前に立っているのに気づいた。

「あの方はお知り合いでしたか」

この場所でこういう形で旧幕時代の知人と出会いたくはなかったが、隠しておくほどのことでもない。

「ああ、伏見まで戦に行った仲だ」

このままなにもせずに手ぶらで帰るのは面白くなかった。奴は奴、己は己なのだ。絵師の仕事をしなければ奴に負けたことになる。

清親は鉛筆を取り出すと写生帖に描き始めた。橋の手前の広場を走る近衛騎兵。その兵がもともと官軍であったか幕軍であったかなどは誰も知ることはない。描き手の己と路、あの男だけが知っていることだ。騎兵のすぐ前で恐れおののく小女も描いた。

これでいい。路がだまったまま脇に立ち清親の描く絵を見ている。

残すところあと五日になった。

「さて、どうするか」

狭い部屋のなかをうろうろしたり座り込んだり寝そべったりと、清親には落ち着きがない。最後の一枚が浮かばない。アメリカ版画三枚から仕上げた下絵は、銀座日報社と人力車、橋場の渡し、曳き舟の夫婦、二重橋と騎兵の四枚。未だかつて描かれたことのない絵柄として仕上がっている。勝てるかもしれない。秘かな思いが清親の胸を過っていく。

「あとはなにがあるか」

さっきから同じことをぶつぶつと口走っている。

「外にでませんか」

焦りを隠さない清親を路が誘った。今日一日をこのまま過ごしても、なにも出てこないと路は思ったのだろう。

「ああ、どこか行きたいところでもあるのか」

清親は路の慮(おもんぱか)りに気づかない。

「お祭りがあるとお隣が話しているのを聞きましたよ」

「この時期にあったかな」

五月の末になればあちこちで祭が催されるのは分かっている。

「下谷の夏祭りだと言ってましたね」

下谷神社が他の社に先がけ夏祭りの口火をきる。

「すぐそこだ。いってみるか」

下谷神社は吾妻橋を渡り東本願寺の左手、門跡前を真っ直ぐに進んだ先にある。歩いて半時（一時間）ほどの近間である。境内には出店が軒を連ねて人出を誘い、祭の賑わいに一役買っていた。

「方円舎さんじゃないか」

社殿に向かう途中で突然声を掛けられた。出店が途切れたあたりに立っていたのは三代目だった。煙草をふかしている。

「これはおひさしぶりで」

「どうだね、進んでいるかね」

もちろん五枚の絵のことだ。

「ええ、あとちょっとというところですが、三代目さんは如何で」

「もう出来上がっているさ。十五日が楽しみでな」

三代目が余裕の笑みを清親にむけた。

「ところで、そちらは？」

「路といいます。女房です」

「なるほど、かみさんをもらったわけだ。たいしたもんだ、もう勝ったつもりでいるのかね」

「いえ、そういうわけじゃ。それでは、十五日に」

清親は路の袖を引き社殿には行かず、脇道から人混みを抜けて出た。

「あの方が三代目さんですか」

路がうしろを振り向き聞いてくる。

「偉そうにするのがどうもな」

祭を覗いてみたが何の手応えもなかった。三代目につかまり気持ちを乱されただけのような気がする。相も変わらず先輩風を吹かしていたが、本当に描き終えているのだろうか。とにかく競い合いでは勝たなければ、己と路とのこれからが懸かっている。

鳥居をくぐり黙ったままふたりは歩き続けた。もときた道を辿っている。伝法院門前にさしかかり、広小路の人波のなかを吾妻橋にむかっていると、雨がぽつりぽつりとおちてきた。走ってきた手代風の男が、橋の袂にある茶屋の軒下に駆け込んだ。

「あそこで一休みするか」

清親と路もその店にはいり、床几に座り茶をたのんだ。雨が止む気配はない。小走りに店先を駆け抜けていく散切り頭の男や商家の勤め人などがあとをたたない。カタカタと下駄を鳴らして小女が駆けて行った。清親の気持の底に何かが引っかかっている。

何だろう。初代広重の江戸百景のなかにこの情景に似たものがあった。あれはたしか……。

運ばれてきた茶を口にした路が、

「やはり木の橋がいい。この前渡った江戸橋は固くて冷たかった」

目の前の吾妻橋を眺めながら呟いた。

「そうかね。石だから丈夫ではあるんだろうが」

「今、会津城のお濠に架かる天神橋がふと浮かんだんです」

そういうことか。

しばらくして雨があがったところでふたりは帰路についた。

百景の中にはいくつもの橋がある。

清親が惹かれたのは、大はし、京橋、太鼓橋、この三つの橋だった。景色の中でひとが走り、行き交い、とぼとぼと歩いている。

家に戻るとさっそく路にこの三枚をみせた。

大はしあたけの夕立は、大川と大はしを描き、突然の夕立に走り出そうとしている橋の上の人たちを俯瞰し、川の中央では男が筏（いかだ）を操っている。さっきの茶屋で浮かんだのはこの絵だ。

京橋竹がしは、薄暮のなか、川をゆく小舟とおなじ位置から、見上げるように橋を行き交う人々とぽっかりうかぶ白い満月を描いている。目黒太鼓橋夕日の岡は、雪景色のなか背を丸め橋をわたっていく人々を俯瞰している。

「わたしが好きなのは」

路が指差したのは京橋の絵だった。

「どこがいいんだね」

「東京でなく田舎で見た満月のようで、ほっとする気がして」

「薄暮と満月は曳き舟の夫婦ですでに使っているし雪景色では今の時節に合わないしな」

路の故郷を想う心情が分からなくはないが、清親は絵師としての応えをぼそりと呟き返した。その瞬間、胸裏でコトリと音をたて腑に落ちるものがあった。

「雨だ、雨だよ。まだ描いていない。雨を最後の一枚にする」

路に背中を押されたような気がする。清親を見上げた路が安堵の表情を浮かべ大きく頷いた。清親の脳裡に一枚の絵が一気に浮かび上がってきた。

俯瞰ではなく地に立って見上げる目線だ。雨のなか、絵の中央に渡された橋の上を傘とともに行く人々の影。川沿いには田舎を思い出しながら、背を向け傘をさした路が歩いていく。亡くなった両親のことだろうか、朧げに浮かぶ会津の城下だろうか、東北の山河の深々とした緑だろうか、それらの景色が路の後ろ姿に漂っている。

路の想いを己自身が感じられるような、今を生きている人と橋とを描くことができれば、三代目に勝てるはずだ。他の四枚でもそれが出来たのだから。泡立ち纏（まと）まりかけた塊のようなものが、心の隅に生じている。この日の内に、清親は新大橋の雨の図を描きおえた。あと三日で競い合いの日になる。

五月の十五日になり、清親は大黒屋に向かった。

大黒屋の客間に入ると珍しく三代目が先に来ていた。

「来たかね、方円舎さん、このあいだはどうも。あんたのその顔つきからすると、かなり気合いを入れたようだな」

「まあそれなりにといったところですが」

大黒屋を前にしている三代目の脇で、挨拶をしてから坐り込んだ。

「それじゃ、五枚すべてを並べてもらおうか」

清親は描き終えた順に、銀座日報社と人力車、橋場の渡し、曳き舟の夫婦、二重橋と騎兵、新大橋の雨、と下絵をならべた。

大黒屋が身を乗り出し、五枚の絵を一枚ごとに確と見据えている。

三代目が風呂敷包みをほどいてとりだした絵の束を、膝の前に置いたまま、清親の絵を食い入るように見つめている。その束の一番上の絵は引き舟のようだ。

初代広重の四ツ木通用水引き船の絵が俯瞰図であるのに対し、三代目の絵は遠近の法を誇張して舟を引く男を堤の位置から描いたものだ。初代の構図とはまったく異なっている。

同じ場所を選んでいても、決定的に違うことは、清親の絵は描かれた夫婦者と子どもたちの息づかいが聞こえてくるかに見えることであった。構図を工夫した三代目のものに比べると、清親の下絵は世にいう浮世絵とは呼べない代物である。

大黒屋の欲しかった絵というのはこれに違いなかろう。固い確信が清親の胸の内を占めている。

「確かに今までに無い絵だ」

唐突に言って大黒屋が再び黙り込んだ。清親にはその沈黙の意味が判っている。

「これは彫師が首を縦に振るものかね」

三代目が沈黙を破った。浮世絵のように太線で輪郭をとるのではない。人にも景色にも細い線を多用し、絵のなかで微妙に変化する濃淡は、微細な線を重ね合わせて彫り込まなければならない。三人ともにその手順を想像することが出来る。彫師が引き受けるだろうか。その懸念が沈黙をもたらしていた。

清親の胸中に不安は兆してこなかった。大黒屋があれだけ大見得をきったのだから、己もそれに応え力を出し切った。今更手を引くなどということは有るはずがない。清親の強い想いにかかわらず、大黒屋は腕を組み未だ瞑目している。

なにを躊躇しているのだ。東京に数多(あまた)いる腕の立つ彫師と摺師がその気になりさえすれば、この下絵は摺りあがり日の目を見る。

大黒屋がようやく顔をあげ、真っすぐな視線を清親に向けた。

「いいだろう、これでいこう」

腹を固めたようだ。この刹那、

「やっぱりな。大黒屋さん、あんたの欲しかったのはこういうのだったのか。ほぼ西洋画だ。わしには描けねえし、描きたくもないわな。この三代目を方円舎のあて馬にしてくれたわけだ。あんたも随分偉くなったもんだ」

三代目がはっきりとした口調で言い放った。

「ここはあんたの勝ちのようだな」

清親のほうに顔を向けて言うと、絵を風呂敷で包み直して立ち上がった。着物の裾をはらい、さばさばしたように振る舞いはしたが、顔に朱がそそぎ目は怒気を含んだままだった。

清親はその場で深々と辞儀をし部屋を出て行く三代目を送った。

五枚の下絵を仕上げるなかで清親は気づいていた。ワーグマンのように写実に描きながらも、その絵の奥にあるものが必要であることを。それは母や路、暁斎先生への想いだった。それらが、絵が発散する、見えることのない魅せる力になるのだと。写実を礎（いしずえ）として描くなかで、その想いがじわりと絵に込められていく。

大黒屋が云々（うんぬん）した江戸の浮世絵の次に来るものとして、浮世絵を継ぐ明治の木版画の有り様として、この下絵は意味がある。

去って行った三代目の後姿を見て、清親の思いは確信そのものに変わった。

――己は大黒屋に応え、三代目広重に勝ったのだ。

光を描いた。影も描いた。昼間の明るさだけでなく薄暮の闇も描いてみた。語りかけてくるような人と景色を、写し描くことが出来た。暁斎先生が示唆（しさ）してくれた吾が意、吾が絵とはこのことなのだと清親は思った。

この五枚の下絵は、三ヶ月後に光線画と銘打たれて摺られ、店先を飾った。新鮮な印象を世の人々に与え大きな喝采を浴びることになる。

鼓翼・山下りんの一年

その台地の端に立ち南の方に目を遣ると、家並の途切れた辺りから白銀色に光る海が見えた。

「ああ海か……」

久々にその耀きを目にしたような気がした。

青く澄んだ秋空がはてしなく続き、乾いた微風を運んでくる。

山下りんは住み慣れたこの場所を去ろうとしていた。十字架を頂く教会を背にしていた。振り向くと木の扉をあけたまま主教のニコライが佇んでいる。

「ダスヴィダーニャ（さようなら）」

門口で向き直り、別れのことばを口に出してみたが主教に聞こえたかは分からなかった。低頭して駿河台下へ向かうべく歩き出した。もういちど振り返ってみたがすでに主教の姿はなかった。

これでよかったのだろうかと自分に問いかけてみるが、答えは容易に返ってこない。こうせざるをえなかったのかと問えば、そうだ、だから教会を出たのだという声が胸の底から確かに聞こえてくる。

この一時間ほど前に、

「教団を出たいのです」

と告げた。ニコライ主教は問いかける目でわたしを見つめた。だが驚きは一瞬のもので、すぐにいつもの落ち着きのある表情にもどっていた。

「なぜ、そうしたいのです？」

当然その理由を問われた。

主教の手配したロシアの女子修道院に渡り、教会に掲げるイコン（聖像画）制作の指導を受け、同時に画を学ぶ機会も与えられた。この人が差し出したわたしへの尽力の意味合いを、十分に理解しないままに受けいれた。

五年間の予定だったが、病気がちとなり昨年四月（明治十六年・一八八三）二年を過ごしロシアから帰国した。この年二十六になった。

今日（明治十七年十月）主教のもとを離れるという一年のあいだ温めた決意を、実行に移そうとしていた。

「絵のことがよくわかりません。勉強いたさねばなりません」

そう答えた。忘恩の徒と誹（そし）られることに躊躇するよりは、画を修めたいという思いが勝っていた。

「銅版画を学びたいのです」

わたしはこころの内をそのまま告げた。

そうですかと言ったニコライの目に諦めに似たものが浮かんだが、りんにはそれだけだったように思えた。りんは部屋に戻り柳行李の鞄を手にして教会をでた。

その夜、日本でただ一人のイコン画家を失ったニコライが、りんのみならず人間そのものをろくでもないと罵り、さらには死んでしまいたいとまで日記に書き連ねたことをりんは知る由もなかった。

一

南駿河台を下り、兄山下重房の勤める南鍋町の印刷所玄々堂を目指した。坂の途中あたりでふわりとした風が吹き過ぎていった。何かの香りを含んでいたが、それを咄嗟に思いだすことはなかった。自らを急かしつけるような気分のままに足早に坂道を下って行った。

駿河台下から小川町錦町を過ぎお濠端にでると、濠に沿った道を数寄屋橋にむかった。顔をあげると青い空がどこまでも広がっていた。空に繋がる大気を吸っては吐き、ひたすら歩き続ける自分が今ここにいる。

ニコライ主教の憂いを潜めた眸が過ぎっていく。

わたしは我儘なのだろうか。苦(にが)みを伴うその思いは、画を学びたいがために十五の歳に家出をして以来、胸のうちに宿っている。人の世に生きる限りこれからも絶えず湧いてくるのだろう。

しかし、嘘をついたわけではない。今日、主教に告げた気持ちは、ロシアで中途半端に切り上げてしまった銅版画を、学び直さなければならないという思いからだ。帰国して一年。苦渋とともに過ごしたロシアでの日々を想い浮かべ、もろもろのことをりれき（履歴）に記しながら銅版画について考えていた。だが主教から求められていたことはイコンを描くことであった。

イコンはキリストや聖母・聖徒・殉教者などの画像を指し、ギリシアからロシア、ブルガリアなど東方正教会の国々で広く流布した。

ニコライには正教会の教会を全国各地に建て、普及に努めるミッションがある。教会に必要となるイコンを描く日本人画工として、りんを養成している最中であった。ロシアの首都ペテルブルグにりんを行かせた主なる目的は、その習得のためである。

ペテルブルグでヨルダン先生に出会った。

「工芸学校で学ぶのがよいでしょう」

と先生は言ってくれた。女子修道院で研修を受けていたときのことだ。

先生はわたしが工芸学校へ通えるよう、入学手続きに随分骨をおってくれた。だが、入学の許可は下りたが通うことは叶わなかった。

なぜ通えなかったのか。わたしの描くことへの強い思いは教会にとっては目的の逸脱にしか映らなかったのだ。絵のうまい画家ではなく、イコン画を模写し、規矩に従ってイコンを制作できる画工がもとめられていた。

「イリナ山下、イコンを確かに習得できましたか」

尼僧の叱咤に近い調子のロシア語が、未だ胸底に木霊(こだま)している。

わたしが画を好むのは母ゆずりなのかもしれない。母は絵を観るのがとても好きだったというし、むつきの頃に錦絵をもてあそんでいたという話を兄から聞かされたこともあった。長ずるに及んで、画家になるという志が、十五のときから変わることなく心の内にあった。

東京で学びたいと家出した折、茨城の笠間から東京まで野宿を二度重ね、歩きとおしたが、すぐに連れもどされた。この後、農家の嫁にという話が進められそうになったが画を学びたいという意志だけは断固として貫いた。

思いこんだら曲げない質で、つくづく自分を一刻者だと思う。母も伯父もわたしのそんな性格をよく知っていた。頑なまでのわたしの志を、突き崩すことは出来ないだろうと思ったに違いない。つまるところ容認してくれたのだ。

その後、伝(つて)をえて東京に出ると、十六で豊原国周(くにちか)から浮世絵を学び、十七で月岡藍雪(らんせつ)から日本画を、十八で中丸精十郎から洋画の手ほどきをうけた。国周と藍雪には住込みとして仕え、学んだ。さらに二十で工部省美術学校に入りイタリア人の画家フォンタネージから本格的に洋画の指導をうけた。そして二十四の歳にロシアに渡ったのだった。

実家は笠間藩牧野家八万石の家臣で、扶持十五石九斗の下士である。画家に成りたいという希望を聞き入れる余裕など有るわけがなかった。

父山下重常は文久三年（一八六三）に亡くなっている。六歳のときだ。四歳上の兄重房が後を継いではいたが、東京で画を学ぶための費えは、自ら得ることを覚悟したうえで家を出たのだった。あれからおよそ十年余りの歳月が流れている。


重房はすぐに分かるようにと数寄屋橋の袂で待ち受けていた。橋を渡る女のだれもが重房にちらちらと目線をおくる。眉目秀麗な兄である。

「迷わず来られたか」

「はい、おかげさまでまっすぐに来ることができました」

頼りがいのある自慢の兄である。笠間に残った弟の峯次郎も兄と同様に父親似の整った顔立ちをしている。

りんは母親に似ていた。引き締まった口許と意思を感じさせる眸と広い額が、性格を語っているようでもある。

子供の頃によく言われた。父親に似ていたらねえと。それが悲しいと思ったことはあった気もするが、画家を志していらい自分の見映えなど全く気にならなくなった。自分を取り囲む世界をいかに描きとるか。それがやるべきことで、他のことは二の次だと思い至ったからだ。

数寄屋橋の左手、重房の指さした路地を入った先の南鍋町に、玄々堂がある。

建物の中央にある硝子戸をあけてはいると、銅版印刷機が何台も並んでいる。右手の奥には石版印刷部の札が掛かった工房がある。印刷所らしく光をとりいれた明るい仕事場であった。

「ここは銅版部で右奥が石版部、左手の部屋が画学部だ。うちの営業内容としてこの三本柱で成り立っている」

重房の口調にどことなく誇らしさが感じられる。玄々堂は石版の印刷所としてこの頃広く知られる存在であった。重房は石版部の技手として奉職し、今ではその腕を見込まれるまでになっていた。

だが考え抜いた末に教会を飛びだしてきたりんの思いは、石版ではなく銅版を極めることにあった。ロシアに旅立つ直前、教会の会報の表紙を描き銅版で刷ったことが一度だけある。

「兄さん、これを使わせてもらいたいんだけれど、絵にするような題材はないものかしら」

銅版印刷機を前にして躊躇もなく兄に甘えた。

「そうだなー。ないことはないが」

重房は考えるふうに虚空に目をやった。

「りんさん、もう銅版画の時代じゃないわよ」

背後からりんの思いをさえぎる言葉があびせられたが、声音がどこか懐かしい。岡村政子の声だった。

工部美術学校に入学した六人の女子一期生のなかには校長の大鳥圭介や大警視川路利良など

の娘達もいたが、りんと政子は零落した士族の娘であった。境遇が二人を瞬く間に近づけた。その時以来の友である。

翌年、二十一のとき政子に誘われてニコライの正教会に入信した。政子は絵を描くことによって教会に仕えることを了解し、月謝と教会の女学校寄宿舎での食住を与えられ、そこから美術学校に通っていた。

りんに必要な月謝二円と衣食費は、旧笠間藩主牧野貞寧(さだやす)子爵が援助を買って出てくれた。叔父の話を聞いた牧野公が期待を込めてのことだった。

「政子さん、お久しぶり。銅版の時代じゃないっていうのは、もう石版には及ばないということ?」

「そんなこと言ってないわ。表現の巾が違うということよ。世の中でどれだけ生かせるか、つまり仕事としての広がりの事を言ったの。そんなことあなただって分かっているでしょう」

美術学校の成績は女子に限ればりんが一番で政子は二番だった。お互いに実力は十分に認め合っている。だからこそ云いたいことを言い合える。

六年前に政子から教会に誘われ、その縁(えにし)により四年前ロシアに行くことになった。

ニコライは当初、政子をロシアに派遣してイコンを学ばせるつもりだった。だがロシアへの出張から一年半ぶりで帰国してみると、目をかけた政子はこの年、石版印刷会社信陽堂を設立したばかりか、結婚し妊娠していた。

政子の派遣を断念せざるをえなかったが、四十四歳のニコライの宣教への信念は揺るぎがない。日本人のイコン画工を育てる計画を、放り出すつもりは無かった。むしろ当然のように、画の実力では政子をしのぐりんに、白羽の矢を立てた。りんがこの年の十月、工部美術学校の助手の仕事を辞め、退校していたことも渡航話を促す因となった。

工部美術学校でフォンタネージから教えを受けたのは二年にも満たなかった。彼の画才は本物であった。だがフォンタネージの後釜に座った画家フェレッティには、教え指導するほどの力はなかった。

洋画をものにしたいという思いは宙に浮いたままで、行き場を失っていた。もっと洋画を学びたい。度々口に出した。

そんな折、

「ペテルブルグの女子修道院には画学校があり、優れた画の先生が外部から来て指導してくれますよ」

ニコライは囁いたのだった。

りんの云う〈学びたい〉には、フォンタネージのような〈良き師に付いて〉という但し書きがついている。主教の言葉はりんの渇望を満たすに足るものだった。

ニコライがロシアから明治十三年（一八八〇）十一月二十日に帰国してから、渡航の日まで三週間しかなかった。政子のために以前から組まれていた予定だった。

ロシア語が話せるわけではない。まったく想像もできない不馴れな土地である。不安と躊躇が交互に押し寄せてくるのだが、ロシアの首都で洋画を学べる、と考えるだけで気持ちが沸々と高まってくる。

——これが。

希望というものだろうか。

ついには自らの熱に突き動かされるように踏み出したのだが……。

予想だにしない苦汁を舐めた。そのときの心情は未だ胸の奥底に澱のように沈んでいる。

事事の端に政子の存在があった。

友であることに違いは無いのだが、己が思いのままに生きている人だ。似た者同士なのかも知れない。

かといって政子の生き方をうらやましいと思っているわけではない。忙しげに縦横に走り回る暮らしは自分には向かない。出来れば深くじっくりと得心がゆくまで画を描いていたい。

それが偽ることのない望みなのだ。

旧姓山室政子は信州岩村田藩一万五千石の家老の娘であった。下級藩士の娘であったりんは農家の嫁として生きることを拒んだが、政子は農民であった同郷の岡村竹四郎と東京で結婚した。

廃藩の後の秩禄処分で、禄（給金）を九割減らされた多くの士族の家計が破綻し、世の制度は目まぐるしく変転した。明治十年には西南戦争が起こり、士族のうちにあった埋み火にも似た武士の時代への追慕は、図らずも消え去った。

わずか五年前のことである。

かつての家格の違いはあっても、政子もりんも自らが置かれた苦境を脱するべく絵画で身を立てようと、東京に出てきたのだった。

駿河台の教会には布教用の教書や会報などを印刷するため、ニコライが明治四年にロシアから持ち込んだ石版印刷機があった。

それを使い政子はニコライから印刷技術の手ほどきをうけていた。政子にとっては今の暮らしを支える糧となっている。重房と肩をならべるほど、画工としての名を知られるまでになっていた。

重房や政子が職としている石版印刷は、石灰石に脂肪性の墨（クレヨン）で文字や絵を描き、その上から硝酸を加えたアラビアゴム液をひき、印刷インクを擦りつけ、紙に圧転写する技法をさしている。銅版とちがい石灰石などを使う石版石は表面を磨くと何度でも使える。それが普及の一助にもなっていた。

「今の世の中って徳川様の頃と違い始終止まることなく動き続けているのよね。その中で生きていくには新しいものでも古いものでもとにかく仕事を見つければならないの。私たちが寄辺とする学校も無くなってしまったし。先輩の高橋由一さんなどはここにしょっちゅう来て石版画をいろいろ試しているみたいだけれど、他の人達はどうやりくりをしているのかしら」

帰国した昨年、工部美術学校が廃校になった。かつての学び舎である。洋画を指導する新たな美術学校の話は全く聞こえてこない。その因のひとつに、お雇い外国人フェノロサが江戸美術への回帰を唱えたことがある。国粋という潮がひたひたと波を寄せはじめていた。いま洋画が省みられなくなっていることが、りんの耳にも少なからず聞こえてくる。

わたしが藍雪先生の許を跳びだしたのは十七の頃だ。日本画が沈滞していた時期だった。そのときは先の見込みが無いと思ったのだが、いまは逆さまの風が吹いている。

――画家であるとは？

画家とは一体何者なのだろう。

りんが想いに浸っているのに気づいた政子は、仕事の話をしにきたのだと言って、奥の石版印刷機のある工房に入っていった。

「いつも忙しそうな人だな。ところでりんはビールを飲んだことはあるか」

重房が唐突に聞いてきた。問われるまでもなく、帰国の途中立ち寄ったパリでビールを口にしていた。

「もちろん何度もあります。でもわたしはビールも好きですが、苦くてうすい酒よりは日本酒のほうがどちらかといえば」

「確かにおまえは呑み助だからなあ」

重房にやれやれといった顔をされて、りんは自分の見当違いに気づいた。

「ビールがどうしたんです？」

「はっきりと決まった話ではないんだが、仕事になるかもしれない話があるにはある」

上背がある兄を見上げながら次の言葉を待った。

「ここは印刷所だからな、印刷の元絵も同時に頼まれたりする。群馬県というより昔でいえば上州だな。ビールを醸造するからビールの瓶に貼るラベルを描いて銅版で印刷してくれないかという注文がきている」

「ひょっとしてそのラベルを描かせてもらえるんですか」

仕事として銅版画が刷れるという。

「そうか図柄でも描く気はあるようだな」

重房は部屋の隅にある事務机のところに行き、一番上の抽出をあけた。何枚かの紙をめくっている。

あったあったと言いながら、その一枚をひらひらさせ、りんのところに戻ってきた。それは封筒に入れられていた便箋だった。重房から渡された便箋には次の文言が書かれていた。

拝啓
南鍋町　玄々堂印刷所
松田緑山　様
私、ウエキ商会代表上原清蔵はこの度、渡良瀬水源より湧き出でる清水を用いて、麦酒を醸造致す所存でございます。津津浦浦へと販路を広げるべくビール瓶のラベルを考慮いたすところ、貴所の高名を耳に致し、図案及び印刷の依頼をするしだいでございます。銅版画にて独逸国ふうの重厚たる趣のビールラベルを願うところであります。なお出荷本数は一日およそ百本を予定しております。
試作ラベルを検討の後、印刷枚数と価とを取り決めたき所存でございます。何卒よろしくお願い申し上げます。
尚、ラベルに標(しる)していただきたい内容を次に記しておきます。
商品名は　大日本帝国ワタラセ麦酒
ロオマ字で　上野(こうつけ)上野の国邑楽(おうら)郡日本
商標　ウエキ商会
中央の絵柄は　煙を吐き海上を行く帆船
醸造　上原清蔵
草々

りんはパリ在住の佐藤馨女史にパリ市内を案内された折、飲んだビールを思い浮かべていた。ロシアからの帰途に立ち寄った大都会である。りんの過ごしたペテルブルグなど、大国ロシアの首都とはいえパリに比するべくもなかった。

とても愉快な女(ひと)だった。美しく造作されたパリの街並みを、女史とともに闊歩した記憶が甦り、思わず笑みが浮かんだ。

世に冠たる華美な都において、旧教の黒い法衣を着用していたりんは指さされ嘲笑されもしたが、二人は周囲に構うことなく歩き回った。

「なにか楽しいことでも思いだしたか」

重房もりんの笑顔に誘われるように和(にこ)やかに聞いてくる。

「パリで飲んだビールを思いだそうとしたら、案内してくれた佐藤さんのことが浮かんできて」

「そうか、いい人だったようだな。久々におまえの笑顔をみた気がするよ」

そう嬉しげに言う兄が、りんに与えてくれた初仕事である。

「わたしにこのラベル作りをやらせてもらえませんか」

是非ともやってみたい。兄のために、いやそれもあるが、画家となるため、この自分のためなのだ、とりんは思う。

銅版画は銅板を原版とする版画の総称で、明治の初期には印紙や切手の印刷に使われている。玄々堂の主宰者である松田緑山はもとは京都で太政官札紙幣を刷る銅版師であった。

りんはペテルブルグで、ヨルダンから印刷のおおよその技法を聞き学んでいた。帰国してからのおよそ一年半の間に重房に請われ、洋書に掲載されている銅版画の挿絵を模写したこともあった。しかし実際の原版まで作成したことは無かった。

「まずはラベルの図案を考えてみるのが手順というものだ」

そうしますと言ってりんは便箋を行李に収めた。

「こういった注文はな、図案を二つ三つ考えておいて、注文主に選んでもらうようにしているのだ。そのつもりで描いてみてくれるか」

りんは頷いた。

すでに頭の中にいくつかの図案が浮かび始めていた。早く描きたい。だが、どこで？　もう主教の工房に戻るわけにはいかない。今日泊まるところを兄が聞いてくれないことに、焦りに似た思いが湧いてくる。今朝方、主教の許を離れることにばかり気持ちが向かっていて、住家にまで思いが至らなかった。

「兄さんまだ下宿を決めていないんです。生沼の伯母さんのところにしばらくやっかいになろうと思うんだけれど。伯母さん許してくれるでしょうか」

生沼は母方の伯母にあたる。

「しかし、今日これからという訳にはいかないだろう。わしはこの建物の裏手の部屋に住まわせてもらっているが、おまえも暫らくの間ここにやっかいになったらどうだ。緑山のおやじさんにはわしから頼んでみるから」

お願いばかりですみません。りんは頭を下げた。

「水くさいことを言うもんじゃない。腰を据えて銅版を学びたいんだろ。だったら近いほうがいい。おやじさんにもちゃんと挨拶をしておかなければな」

重房とりんは奥にある画学部の部屋に入っていった。

玄々堂を主宰する松田緑山は美術学校の先生の如く、印刷技術を若い画家たちに惜しみなく与え、指導し育てていた。特にこの頃は、石版印刷が成長し浸透していった時代でもある。

重房があらかじめ事情を話しておいたのか、

「得心のゆくまでがんばってみることだ」

緑山からの励ましの言葉は親しみのこもったものだった。

兄の部屋にやっかいになるなど考えていなかった。

二十で工部美術学校に入学した頃、本所北割下水の下宿から虎ノ門まで一里半の長い道程を通った。当時、重房は警視庁の巡査として奉職していたが、この明治十年は西南戦争で九州に出張していた。仕送りも滞りがちになり心細い思いもしたが、団扇(うちわ)絵を描いて費(つい)えの足しにしていたのだった。

——あのころに。

比べるまでもない。これからは兄さんのそばで画の修行ができる。こんな幸いがあるだろうか。

しみじみとしたものがりんの気持ちの底に広がっていった。それはひさびさに開放されて得られた喜びのようではあったが、最も信頼のおけるひとのそばに居られる安堵であったのかもしれない。

りんの浅黒い面に、笑みがゆっくりとこぼれるように広がっていった。

この日から図案を描き始めた。記憶の中のビールラベルは思っていたよりもずっと曖昧なものだった。佐藤女史と取留のない話に笑い興じた思い出のほうは鮮明に甦ってくるのだが。

四日ほどかけて三枚の図案を仕上げた。兄に渡すと、これでいいと言ったきりで、そのまま緑山のところに行き、渡したようだ。

三枚のうち最も気に入っている図案を、銅版師の高松弥治郎から手ほどきを受けながら銅板に刻み始めた。注文主はおそらくこの図案のラベルを気にいるだろう、という漠とした予感があった。

ちいさな真珠を連ねた楕円を描いた。楕円に沿うようにして上半分に隷書体の大文字で、大日本帝国ワタラセ麦酒といれた。その内側にもうひとつ楕円を線描した。その線に沿うように、上野（こおつけ）の国邑楽郡（おおらこおり）日本（じゃぱん）とロオマ字で置いた。ラベルの中央部分には、煙を吐いて海原を行く帆船を描き、絵の上に商標、下にウエキ商会の文字をいれた。その真下にはWATARASEBEERと英語表記の帯をおいている。帯の真下には小文字で醸造といれた。ラベルの一番下、二つの楕円で囲まれた部分には上原清蔵をロオマ字書きで記入した。

銅板の表面に塗った防蝕剤を絵にそって錐状の画具でこそげ取る湿式銅版（エッチング）で制作した。

この技法はすでに江戸の後期、天明三年（一七八三）に司馬江漢が実現し、風景画や模写画をものにしていた。

高松から帆船の絵は技巧を要すると云われていて、最後に刻むことにしていた。

このころになって緑山のもとに返事がとどいた。原案を送って二十日ほど経った頃だった。

「重さーん、ちょっと来てくれないか」

画学部の部屋から声がかかった。兄が緑山に呼ばれるのはしょっちゅうあることで、それが自分に関わることだとは思わなかった。重房は石版部から小走りで緑山のいる部屋に入っていったが、しばらくするとりんのところにやって来た。

「返事がきたぞ」

とだけ言った重房の端正な顔にいつもの笑みはなかった。

差し出された文面は簡潔なものだった。

拝啓

玄々堂印刷所松田緑山　様

貴所作成のラベルの図案三葉を郵便にて拝受いたしました。

我が三男、愚息清蔵がこの注文を致しました。しかしながら本人の抱いたビール醸造の意、諸般の事情により叶わず。ラベル自体が不要の物になってしまいました。手前どもの都合により真に申し訳ないことながら、この件は無き事にして頂きたくお願いいたします。

なおラベル考案に費やされた手間として些少ながら同封いたしました。何卒よろしくお願いもうしあげます。

上原　郭蔵

草々

「残念だったな。たまにはこういうことも起こる。さ、これを」

と言って重房が一円札をりんに渡そうと差しだした。

「それは部屋代としてもらえませんか」

りんは応え、受け取らなかった。

ラベルが出来ても商品が無ければ、何の意味もないただの紙屑なのだ。もう一度読み返してみたが、そこには三枚の絵柄に対するひと欠片（かけら）の感想も謝意もなかった。

用途が消え失せたのだから仕方がない。相手の都合で必要とされなくなった図案画。突然、ペテルブルグの教会でイタリア画風に描いて拒絶された聖像画が、脳裡に浮かんだ。

「この画はイコンではありません」

はっきりと告げる尼僧のロシア語が聞こえたような気がした。

「りん、だいじょうぶか」

考え込んでいるりんの表情を、重房が懸念をにじませ覗き込んでいる。

「兄さん、高松さんに教えてもらって、ここまで彫っていたんだけれど」

途中までしか出来ていない銅版を兄に見せた。ラベル中央の帆船の絵は彫られてはいない。

重房が銅版を手にとりまじまじと眺めはじめた。

「中心に彫るはずの帆船なんだけれど、波と濃淡の具合が難しくて手つかずだったんです。けれどもラベルの話が終わってしまって。これからどうしたらいいかわからないんです」

「とにかくこのままでもいいから刷ってみればいいじゃないか。緑山の親爺さんもこんなことで気を落とすことはないと言ってくれているんだ。ただ、この絵柄の部分については石版でやったほうがいいような感じがするな。そのうち時間を見つけてわしが刷ってやろう」

胸のうちで重房に頭を下げた。この銅版の行く末が決まったのだ。今日がいい。今日、刷って気持ちの区切りをつけてしまおう。石版部の仕事場は立て込んでいるようだが、幸いなことに銅版部の二台の印刷機が空いていた。

高松に断りをいれ印刷の準備に取りかかった。

鉛のチューブが雑然と並んだ絵具箱を前にして、躊躇することなく明るい橙をえらんだ。不透明に光る茶色のビール瓶から閃いたものなのか、ビールそのものの色合いがもたらしたものなのか、何故その色を選んだのかは自分でも分からなかった。物悲しげな黒を選びたくなかっただけかも知れない。

絵具を銅版に乗せてへらで何度か引き延し、全体が均質になったところで、絹布できれいにふき取った。銅版に刻みつけられた幾筋もの微細な溝の中に、橙が残りかすかに光を帯びている。

プレス機のテーブルに銅版をのせ、水気を拭った白紙をその上にのせた。さらに厚手のフェルトで全体を覆いハンドルを回し始めた。テーブルがゆるゆると動きだし、プレスするローラーの下を銅版が圧され通過していく。

やがてハンドルが急に軽くなった。ラベルが刷りあがったのだ。

フェルトをめくり白紙をゆっくりとはがしていく。温かみがあり清々しい橙のラベルがあらわれた。しっとりとした紙が掌に触れている。今さっき胸のうちに生じた屈託など、いかほどのものでもない。

悪くない。

しかし楕円のラベルの中心部分は空白のままである。

ヨルダン先生が学ぶ必要があると云ったのは、この白地に入る濃淡を彫る技巧についてなのだろうな、とりんは思った。

返された図案三枚と銅版と橙のラベルが手許に残った。

「いつかこのラベルを刷り上げてみよう」

重房はりんへの慰めを口にした。

二年後に蓬莱堂印刷所を設立した際、重房は最初にこのラベルを印刷している。ラベルの図柄は銅版画で、中央の帆船の絵は石版で刷った。

画で生きるということは難しい。

このひと月ほどの間、りんの心身を捉えていたのは充足した気分そのものだった。ニコライ主教の許を出て、順調に進みはじめたかにみえた生活に、いま突如冷水を浴びせられた気がしている。

若い頃に、自分から版元に頼み込んだ団扇絵は確かな納め先が決まっていたし、ペテルブルグで頼まれて描いた肖像画も同様だった。支払われた手間賃が妥当な価かは判断できなかったが、確かに描いた物の対価として受け取っている。

頼まれた画が、その巧拙で拒まれたとしても自分の力量に問題があると思えるなら、得心はできる。しかしこのラベルはそれ以前の話なのだ。喜び勇んで、待っていたとばかりに取り組んだ。すべてが都合が良すぎたような気がする。

浅慮だったか。かつて父が何かの折に、兄に対し口にした言葉が浮かんだ。緑山さんも兄も、横浜あたりならまだしも邑楽の田舎でビール造りなど出来るとは思っていなかったのではないか。判断し兼ねているところにわたしが来たものだから、やらせてくれたのだ。

——いやいや。

それは考えすぎかもしれない。

中途半端な終わりを迎えたとは云え、銅版画を学ぶことが今わたしのなすべきことなのだから。

刹那に浮かべた憶測を云々するよりも、目指すものの重みが自分にとってはるかに大きいことを覚り、りんは小さく頷いたのだった。

二

印刷所を出ると、兄と同居している部屋には戻らず、数寄屋橋に向かった。はるかに続く濠のゆるやかな流れを、無性に眺めたくなっていた。

日はだいぶ西に傾き、かすかに吹いてくる風にも十一月の初冬の肌寒さが感じられた。橋の欄干に立ち止まって見下ろすと、白いものが深緑色をした水面(みなも)に落ちてきた。それは薄墨色をした空から、ちらちらと絶え間なく落ちてくる。

「雪か？　早いな」

みぞれのようだ。紬の袖口から寒さが忍び込んでくる。

三年前の十二月、船でロシアに渡った。あのときもみぞれが折々に降りしきった。ひどい船旅だった。


三本のマストを聳え立たせた船が横浜の港内に停泊していた。蒼黒い海面に朝靄の名残がうっすらと這っていた。船の中ほどにある黒く長い煙突からは、白い煙がねじれながら昇っている。郵便と絹を積荷とするフランス郵船の貨客船メンザレー号で、十二月十二日が出港予定日であった。

アナトリイ司祭とその弟の聖歌教師チハイ一家と、行をともにすることになっていた。

初めて見る大船（一九一二トン）に驚きはしたが、

「大海を渡るのだから」

かえって得心し、待ちかまえていた小さな艀（はしけ）舟に乗り込んだ。艀舟からメンザレーの舷側に掛けられたタラップに乗り移り、甲板に上った。

船客がすべて乗り終え、間もなくすると船は動き始め、船首を沖に向けた。日本人の乗客はりんとチハイの妻だけで、見送る親類知人は皆無だった。

乗船してすぐにチハイが長男の面倒をみるようにと言いだした。

「引き受けるならば上甲板に居てもよい」

と云う。二等以上の客が過ごせる場所のようだ。断ることも出来ず預かることにした。とにかく自分の船室を確かめなければと思い、チハイに聞くのだが、

「今に教える」

と云うのみなのだ。だが船が洋上に出てしばらくすると、

「おまえの部屋はない。どこかそこいらに居なさい」

という答えが返ってきた。

どういうことなのだろう。子守をさせる下女の扱いだ。引きうけたことを悔いながらも、鼻汁をたれながし大声で泣きわめく子の面倒をみた。上甲板で寛ぐ客たちの見る目が険しい。

「中甲板に行けばいい」

見かねた船員が日本語で言い案内してくれた。そこは船倉の階上にあり広さは程々にあったが暗い場所だった。やがてチハイの妻が子供の様子を見に来たが、礼も言わず引き上げて行った。面倒をみるのが当たり前といった顔つきをしていた。

乗船の慌ただしさにまぎれて気づかなかったが、女の見下す視線のなかに卑しげなものが潜んでいるのが分かった。

なぜあんなふうに見られなければならないのだろう。

居たたまれず子供を背負い、アナトリイ司祭の部屋に行きドアを叩いた。

「どうして部屋がないのですか」

司祭はドアから顔を突きだしたまま、

「おまえには金がないのだから」

と言い、さも当然だというふうな顔をしてドアを閉じた。

ニコライ主教からは紬と綿服を餞別にもらったが、旅費と呼べるものは受け取っていなかった。

――たしかに無い。

主教に問わなかった自分の迂闊さと甘さを思い知らされた。りん自身の持ち金の高など知れている。

さらなる驚きがりんを打ちのめした。食事が用意されていなかったのだ。

明治十三年の暮れ。この時代には珍しいことではなかった。旅券と乗船券だけを持ち、船室が無く食事もつかないというのは最下等の船客である。

とにかく空腹に耐えた。しかし限度があった。りんの胃腸は若く健康である。夕刻になり、寝息をたてている子を迎えに来たチハイに、調理室の前につれていかれた。

「あの人に頼みなさい」

チハイは料理を運ぶウェイターを指さした。

やがて食べ残しが引き上げられてきた。りんはウェイターの腕を摑み、皿の中に残っているものを指差した。人参と肉だった。口に合わない客が残したものだ。

ウェイターはフォークを皿に突っ込むとりんに差し出した。何か言って指差している。食べ終わったら皿とフォークを洗い場に戻すようにということのようだ。りんは狭い通路を抜けると、中甲板の床に座り皿の肉を口に入れた。腹の底にかみ砕いた肉の滋味がゆっくりとしみていった。

食べ終わり一息ついたところで、周りを見回すと、粗末な身なりをした黒人や中国人の男達の、粗野で強い視線を感じた。こちらを指さして、何事かしゃべっている声も聞こえてくる。

空気が澱んでいた。汗とすえた臭いが濃くただよい、鼻孔に入り込んでくる。突然吐き気をもよおした。誰もいないデッキに走りでると、冷たい鉄の手摺を摑み暗い海に向かって嘔吐した。

寒風が吹き寄せてはりんの頰を刺していく。

大気を思いきり吸い込むと、やがて胃の腑の不快が収まってきた。

もうあんなもの二度と食べるものか。悔恨に憤りが混じりこみ、拳を固く握りしめて己を叱咤した。

食器を返し、中甲板に戻ると男達とは離れた場所に坐りこんだ。アナトリイとチハイの船室に近寄るなど厭(いと)わしい限りだ。

――なぜ。

ニコライ主教はこのような仕打ちをしたのだろう。

残飯を口にするとは、下女どころではない。まるで乞食だ。国周先生や藍雪先生のところに住み込んだときでさえ、こんな酷い扱いは受けなかった。主教にとってわたしはただの使用人にすぎないのか。画の力を認められたからこそ、こうして船に乗りペテルブルグに向かっているのに。アナトリイとチハイにとってわたしはただの奴婢(ぬひ)なのだ。こんな理不尽を平然と行うこの人たちは、本当に宗教家なのだろうか。

同じ処遇にあうはずだった政子さんならば、どう対処しただろう。

わたしも士族の娘だ。見苦しいふるまいはしたくはない。

――無念だ。

だがこのまま終わるわけにはいかない。とにかくペテルブルグに着くまでは、この屈辱に耐えなければ。これは画を学ぶことを心から望んだわたしへの試練なのだ。そう思うしかなかった。

そうすることで、自分が目指しているものを強く胸の奥に刻みつけたのだった。

「外の空気に当たってこよう」

通路の先にただ一つあるランタン灯の蠟燭の炎が、淡いオレンジ色の光を放っていた。突き当たりの重い鉄の扉を開けると、夜明け前の明るみを帯びていてなお暗い空が広がっていた。しばらくの間をおいて、藍色の海の上に夜明けを告げる光の筋が走ってきた。凪いだ海だった。その光のすじは、これから向かう地へと続く望みそのもののように思えた。

この船旅の記憶は永く心の内に屈辱として残った。

りんは部屋に戻り、図案と銅版、ラベルをひとつにまとめた。行李に入れておこうと、蓋を開いて底のほうを探った。何枚ものデッサンの束がある。それらの間に隙間を作って、ラベルの一括りを入れるつもりであった。よく見ると、すぐ真下にヨルダンがテキスト代わりにくれた、西洋娘の画がでてきた。

羽根飾りの付いたつばの広い帽子を、斜にかぶった髪の長い娘。首に大ぶりのネックレスをかけ、大きく見開いた目を右方向に向けている。鼻筋がとおり厚めの唇をし、飾りの多い服を着ていて左手は帽子の端にかるく触れている。無垢でいて清浄でありふくよかささえも具えた若い娘の像に強く惹きつけられた。

帽子さえ違わなければ、ロシアの南部、黒海とカスピ海に挟まれたカフカース（コーカサス）地方の衣装のようにも見える。

「なぜこの画をくださったのだろう」

眺めているうちに気づいた。長い髪にしろ衣服にしろ細かい柄と曲線で埋め尽くされている。ヨルダン先生がこれをわたしに与えてくれた訳の一端がわかった。容易に彫れる画ではなかった。

これを彫れるようになりなさい、という教えに違いなかった。これを彫り、刷ることが出来た時、銅版画家の入口に立てるのだ、と云ってくれているのかもしれない。

しかしそれだけだろうか。聖像画とは程遠い写実画で、若い娘の匂い立つようななめらかな頬の感触さえ漂わせている。イタリア画を専らに描いてきた先生だからこその画だ。

イコンの画工であるとしても、それとは別の画の世界も重要であることを、これで伝えてくれたのだ。

気持の中に浮き立つものが芽生えた。

夕餉の支度をいそいそとした気分で済ませて、重房を待った。

おひつに炊きあがったばかりの飯をいれた。火鉢にかけた根深汁がこくのある匂いを漂わせている。部屋の窓側にしつらえた二つの箱膳には鰯と青菜の二采をならべた。

軒端を小刻みに叩く音が絶え間なく聞こえてくる。

みぞれが雨に変わったようだ。規則正しく響くちいさな雨音でさえも、気持ちを昂揚させてくる。

八時すぎにようやく重房が戻ってきた。

「帰ったぞ……いいにおいだな」

と声をかけると、番傘を入口に立て掛け、服についた雨の滴をはらっている。

夕餉の前に次の目標を話しておきたい。

「これを彫ろうとおもいますが、どうですか」

西洋娘の画を渡した。石版技師としての兄から、率直に画を見て感じたところを聞きたいと思った。

またせっかちなことだといった表情を重房は一瞬浮かべたが、すぐににこやかに応えた。

「うん、なかなか彫り甲斐がありそうだ。しかし、これはどこで手に入れたものなのかな？」

ペテルブルグで教えを受けた先生からいただいたもので、

「先生は直彫りを専門にする銅販画家です。おなじ方法で彫ってみたいんです」

と言って兄の反応を待った。

直彫り（エングレーヴィング）は、ビュランという彫刻具で線を彫り込む銅版画の内で最も古い技法をいう。

「これを彫るというのは骨のおれるしごとだ。今、石版が版画の中心となっているのは、絵を描くに近い感じで制作できるからなんだ。表面の絵を削れば、石は何度でも使えるしな」

「でも、わたしは……」

「わかっているさ。おまえの才を認めて、何くれと無く世話をやいてくれたヨルダン先生の助言にしたがって、画家を目指したいのだろう」

やはりすべて分かってくれている。

兄を見上げるとりんは黙って頷いた。

翌日から、ビュランを手にとり西洋娘を彫り始めた。

ビュランは木版の彫刻刀とは異なり、木の半球状の握りの下に鋼製で四角い断面の刃をもつ、細い針状の彫刻具である。その四角い刃先で銅板上に描かれた線を削り取っていく。半球状の握りと長めの針のバランスを手に覚えさせ、指先の感覚を研ぎ澄ましながら彫り込んでいく。エッチングよりも根気と集中力が要る。

帽子、服、顔の曲線を彫り進めた。流れる線に心を込めた。

ヨルダン先生はいくつものビュランを駆使してこの画を彫ったのだろうな。ふと思う。

ペテルブルグの女子修道院に着いて一月ほど経った頃だった。工芸学校の絵画彫刻の長をされているという触込みがあり、ヨルダン先生がお見えになった。わたしの描いていた聖母子像を見ていたく感心された。

「ここの画の課程を速く終えて、工芸学校で学ぶのがよいでしょう」

と言ってくれた。本当に嬉しかった。天にも昇る思いがしたし、望みがとうとう叶ったと思ったのだが……。

りんは思いから覚め、ビュランを持つ手に再び力をこめた。銅板をこまかくうごかし波うつ髪を刻みつけた。

線を描くことは出来たが、黒と灰の濃淡が混じり合った髪と服のやわらかな感触は、ビュランで表すことはできなかった。微細な点を打っているようにも見えない。かといって印刷後に彩色を施しているようでもない。

銅版師高松弥治郎の意見は、いくつかの技法を使っているのだろうということだった。

「水彩風（アクアチント）腐食をまずは試してみるといい」

高松の助言と指導に従った。銅版に松やにの微粉末を振りかけ、熱して版に付着させる。髪や服の濃淡のある箇所に腐食液を軽く塗る。乾いたところでふき取ると、薄く面の彫りが出来ていた。さらに濃淡を出すためにいくつかのヤスリ状の彫刻具を使った。

明治十八年（一八八五）二月の十日に、りんは西洋娘の試し刷りを行った。重房が側でその様子を眺めている。

銅版から紙を剝がすと、そこに原画と違わない出来の西洋娘が現れた。刷り上げたばかりだからか濃淡が際だち、画全体から若い娘の艶めくような輝きが発散している。

「いいぞ、たいしたものだ。これなら印紙でも切手でも彫れるかもしれん」

小声で重房が言った。

重房の師匠である松田緑山は、かつて京で銅版による藩札や紙幣の印刷を行っていた。その腕を買われて、日本国紙幣の印刷を新政府から請け負った時期があった。その機に東京に印刷所を移転した。しかし数年して手彫りによる紙幣の印刷精度を問われ、大量印刷の実績を持つイタリア人技師キョッソーネにその任が移った。

それだけ困難を伴う仕事であることを重房は知っていて、褒めたつもりのようだ。

「まさかそんな大それたこと。有るわけがありません」

兄にしては珍しい冗談かと思い、取り合わなかったが。

三日後、十枚刷った内の最も気に入った出来映えの二枚に赤インクでサインをいれた。

『1885　2月13日山下りんが彫った』とロシア語で記した。

——これを。

是非とも先生に見てもらいたかった。

一枚をペテルグルグの尼僧のフォファニアに宛てて送った。

帰国して四ヶ月経った八月頃、先生に手紙を書いたが返事はもらえなかった。光陰は人を待たずと云うが、ヨルダンは明治十六年（一八八三）りんが帰国した半年後の十月に八十三歳で世を去っていた。翌年の二月になって正教新報でりんはそのことを知った。

先生から教えられたことをこのままにしてしまっていいのだろうか。わだかまりが気持の片隅に残った。

この半年後、ヨルダンの教えを確かめるべくニコライの許を跳びだしたのだった。

先生がお元気なら、これをどう観てくれただろう。まだ努力の余地があるようです、と言われたのか、これなら合格点をあげてもよいでしょう、そんなふうに云って頂けただろうか。

残りの八枚を玄々堂から売りに出したが、ペテルブルグにいた頃に、余業で描いた肖像画で得た賃には全く及ばなかった。

三

七月の猛暑の最中、政子が玄々堂を訪れた。石版部に入っていくとしばらく話し声が聞こえたが、すぐに帰っていった。

夕刻、重房が本を携え部屋に戻ると、りんは忙しげに夕餉の支度をしていた。

「今日、政子さんが来てな。こんな物を置いていったよ」

兄から手渡されたものは『聖詠経(せいえいけい)』と題された本で、見るからに重厚な趣がある。ニコライが漢学者パウエル中井の協力を得て翻訳した祈禱書であった。

祈りの折にこの書は手に取られる。聖詠経と隷書体で書かれた文字のぐるりには、ハープやらホルンなどの楽器が配され、天辺に教会の図柄が置かれている。

「扉絵を頼まれて主教のところにある印刷機で刷ったと言っていたよ。なかなか鮮やかな図柄だし、古い印刷機にしてはよく出来ている」

兄なりの見識をもって感想を口にしたのだろう。だが、そんな褒めるほどのものだろうか。

ロシアに行く直前、会報誌の表紙に描いたわたしの銅版画のほうが、正教への想いやそこはかとした雰囲気を色濃く伝えているではないか。確かに、祈りに使われる祈禱書の意味合いは、会報誌などよりはるかに重いのかも知れないが。

――だがしょせん。

扉絵の図柄などそれだけのものだ。日々この本を手にとったとしても一度見ればそれで沢山だと思う。

ビールラベルが頓挫して以来、りんは図柄を描いていない。果たして図柄が語りかける物語はあるのか。有りはしない。

だが画は違う。

教会の会報誌『正教新報』第一号の扉を飾った画はイタリア風の銅版画だった。日の輝く天空から葡萄の実る木々の間に、天使が舞い降りようとしている。葡萄はイエスの血、木は信仰そのものを表し、天使は神の意志を伝えるために経典を携えている。

この画を目にしたとき、願わくは幸いというものがもたらされるその刹那だろうと、誰しもが思い描くに違いない。

信徒のヴィサリオン粟野さんの発案でもあり、ニコライ主教も喜んでくれた。

粟野さんは以前からペテルブルグ神学校への入学を希望していた。ロシアに滞在中の主教に、手紙で訴えていたくらい熱心な人だった。だが粟野さんは亡くなり彼の希望は潰えたのだが。

わたしがペテルブルグに居る間に主教は二度手紙をくれた。手紙の半ば以上が、この表紙の画について細々(こまごま)とした表現上の注文を、記したものだった。

天使が経典を納める先が人家ではなく土蔵のようだとか、天使の顔をもっと美しくとか、天使以外の生き物がいない、そういったことを云ってきていた。会報の表紙を重視しているからこその注文に違いないと思った。銅版が損耗してきたので改版をしたい。この際、新たに描いてほしいということでもあった。

これに応え描きなおしたものを主教に送った。

左隅の雲間にかすかに御座す神からとどく光。中央には右手に教典を垂らして示し、左手にオリーブの小枝を掲げる美しい天使。その左脇下に二人の小天使が随伴し、下半分には家々、葡萄と麦の実り、植物の開花、を描いた。

帰国する半年ほど前の明治十五年（一八八二）十一月の頃で、女子修道院で孤立し病気がちで落ち込んでいた時期だった。それだけにこの手紙に救われる思いがした。手紙の中で主教は立派なイコン画家になることへの期待も滲ませていた。要望に確かに応えはしたつもりだ。であればこそ、病で臥しているなどと弱音を吐けるわけもなかった。

——天使の顔を。

美しくという注文は、イタリア画を意識しているに違いないニコライ主教らしかった。

事実、伝道館のニコライの部屋に永く飾られていた画をりんは覚えていた。ラファエロの聖母（マドンナ）だった。イタリア画である。

本を手にして想いに浸るりんを、重房が声を掛けることも無く部屋の隅からじっと見ている。

ひと月ほど過ぎた頃、

「西洋娘の二刷りの額入りがすべて売れたぞ」

重房が部屋に戻るなり満面に喜色を浮かべて言った。

いい機会だ。兄に聞いておきたいことがあった。

「兄さん、わたし本当に画家になれたのかな」

唐突な問いに一瞬、重房は怪訝な表情をにじませたが、

「ああ、立派なものだ」

真正面からりんを見つめ存分な笑みとともに断言した。

画家であろうとする自分になにかが不足している。どこか煮え拗けているような思いがしてならなかった。それは何故なのだろう。

「どうした。何を考えている。画も銅版もやり通しているじゃないか。評判もわるくない。なにか気になることでもあるのか」

胸の底の方にあるもやもやとして摑みどころのないモノの正体が分からない。ペテルブルグで過ごすうちに住みついてしまったモノのようにも思えるのだが。口で説明できない。

「いまはうまく言えない」

「じゃあその時が来るまで待てばいいのさ」

ありがとう兄さん。

重房は兄ではあるが、保護者であり理解者でもあった。りんをありのまま受け止めてくれる、

そんな父のような存在である。

その重房の技手としての腕前は世間から認められ評判も高い。明治十八年に発行された『石版技手人名録』番付の前頭に玄々堂山下重房の名が記されている。

翌日、玄々堂にやってきた政子が、重房のところに来ていたりんを目ざとく見つけ、近づいて来た。

「りんさん西洋娘、見たわよ。素晴らしいわね。銅版画もなかなかいいわ、見直した」

いまさら銅版画などと云われている気がしたが、褒められているようにも聞こえる。

「今日はこんなものを持っているので、見てもらえる」

と政子は言い、数年前石版で印刷してニコライ主教に買い上げてもらったというイコンカードを鞄からとりだした。

「これは印刷だけれど、信仰の対象でもあるのよ。今ならもっと綺麗に刷れるけれども」

こんなものでいいのか。葉書ほどのカードを手に取ったりんは、

「これはイコンではないわ」

思わず呟いていた。

「えっ……」

政子の表情に唖然としたものが浮かび、やがて険しいものに変わっていった。

「これはペテルブルグではイコンとは呼ばないのよ」

より正確に重ねて言った。

「でも、ニコライ主教はそんなこと一言も云っていないわ」

「主教は云わないと思う」

帰国した後しばらくして、主教とイコンについて話をしたことがあった。女子修道院で強く指導されたのはギリシア画のイコンを模写することであった。ペテルブルグで否定されたはずのイタリア画のイコンが、主教の居室に飾られていることについて話をしたかった。

りんの描いたイタリア画風のイコンを、

「これはイコンではない」

ペテルブルグの修道院で散々に云われ続けたこととの齟齬（そご）について、問いかけたつもりだった。

「ここ数年来、ギリシアイコンへの復古がペテルブルグで起きているのです」

主教はさりげなく云うのであった。

驚きで二の句が継げなかった。以前はイタリア画のイコンが修道院でも認められ掲げられていたということなのか。母国ロシアで起こっている復古の潮流に、主教は添うつもりはないのだろうか。

——それならば。

なぜ渡航の前に一言でも云ってくれなかったのだろう。云ったとしても、あの頃のわたしには理解できないとでも思ったのだろうか。

たしかにイコンに違いがあることさえよく分かっていなかったし、バタバタと忙しない時期ではあったのだが。

それにしてもわたしはなんと間の悪い人間なのだろう。日本だけでなくロシアでも復古だという。しようとすることが時代にそぐわない。しかし、描くことと時代が呼び寄せる風潮に何の関係があるのか。

関係は無いとりんは思いたかった。ただあるとしたら描く者が時代に添たいと思ったときだろうとも想うのだった。

教会を出て途切れてしまった銅版画を学ぼう。世間の風にも当たってみようと思い立ったのは、この時だった。

船旅での苦悶の記憶も消え去ったわけではない。それでいて帰国して以降、ニコライ主教に船旅の屈辱を告げることはなかった。五年の修行を二年で終えてしまったことへの、秘かな免罪符としておきたかった。

「政子さん、あなたの制作したものはイタリア画のイコンよ。主教がイタリア画を好んでいるのはあなたも知っているでしょう。ラファエロを飾っているくらいだし。わたしは二通りのイコンがあるなんて知らなかった。あなたはイコンのことは知っていたでしょうから、わたしのようにひどくは扱われなかったかもしれないけれど」

「ひどく？　向こうの修道院で何があったの。ぜひ聞かせてもらわないと。あなたがこれをイコンでないと云うなら、私はそれを聞かなくてはならない」

それなら語ろう。

りんは政子を数寄屋橋へと誘った。

玄々堂の中では話しにくい。お濠の水が流れ、風が吹き渡る場所がいい。凝ったようでいて久しいこの気持ちを、ほぐしてくれるかも知れない。

いい機会だ。舐めた苦汁のわずかでも知っておいてもらおう。

渡航の船上でアナトリイとチハイから受けた屈辱は、政子にとっても驚くべきことに違いなかった。

「私もその扱いを受けていたかもしれないのね。なぜニコライ主教は……アナトリイとチハイに、同室を指示しなかったのかしら。下女であったとしても」

なぜ同室を指示しなかったのか。内々の会話であったとしても、主教を易々と難ずるような調子の政子の言い様だった。その言葉を耳にした瞬間、りんの脳裡に閃くものがあった。

――きっと。

政子さんならば同室させてもらえたのではないか。駿河台の寄宿舎に住んで、彼らと食事をともにしたことが幾度もあるようだから。

「今、思ったんだけれど、アナトリイとチハイにとって信者といってもわたしは他人同然だったのよ。政子さんと違って」

とっさに浮かんだ考えを口にだしていた。それが正鵠を射ているかは分からないが、その程度のことだったのかと思ってみると、腑に落ちた分だけ落胆に似た気持ちが生じてきた。

政子さんはわたしなどよりはるかに社交的な性格で、お世辞のひとつも言える人なのだ。わたしは画に興味のすべてをそそぎ込むことで満足している。端から他人におべんちゃらを言いたいとは思わない。わたしはわたしでしかないのだから。そんな彼我の違いはきっとある。

ニコライはロシア滞在中に日本宣教団の予算を組み立てていた。宣教師である自分やアナトリイには二千銀貨ルーブリを、聖歌指導者チハイには千五百銀貨ルーブリを。政子を念頭に置いて、イコン画家には二千五百銀貨ルーブリを、と日記に記している。教団のなかで最も高い給与額である。子飼いの政子の仕事ぶりや能力を買っていた。その額の内には政子をロシアへ派遣する費用も含まれていたのかもしれない。

りんへのいささかの配慮を欠いたのは、ニコライにとってりんの画才は認めていても、とくに近しいわけでもなく一信者としてしか気持ちが動かなかった。二等切符をとらなかったのはそういうことであったかもしれない。

横浜を船出しポートサイド（エジプト）で乗り換え、五十日後にオデッサ（ウクライナ）で下船した。それから陸路で四十日、三ヶ月がかりでようやくペテルブルグに辿り着いた。

「アナトリイたちと食事を同席するようになっても、三ヶ月間休むことなく子守に専念させられた。親類の家々に立ち寄るアナトリイとチハイ兄弟一行に、付き従わざるを得なかった」

子守をさせられることへの鬱屈を秘めながら日々を過ごし、やっとの思いでノヴォデーヴィチ女子修道院の大門をくぐった。

澄み渡る三月の空に丸屋根を光らせた大聖堂が聳えていた。大小あわせ十三の教会からなる修道院であった。傍らには空を映したかのような群青色の運河がゆるやかに流れている。ペテルブルグはバルト海に臨む港街であった。

「私にも子供がいるから分かるけれど、子育てというのも結構たいへんなのよ。あなたには迷惑千万だったかもしれないけど」

「それはよく分かった。でも、チハイの奥さんは初めから下女として、わたしを見下していた気がする」

「あの方は、あまり家庭的ではないという噂があったわ」

そうなのか、そういうこともわたしは知らなかった。知る機会も無かったし、聞かされたとしても興味が湧かなかっただろう。火の粉が降りかかって初めて分かることが、いくらでも世の中にはある。

女子修道院に着いてすぐに、付属の絵画工房に席を与えられた。ニコライ主教の予めの手配りというものだろうと思った。

「ひと月ほどたって、工芸学校学長のヨルダン先生がお見えになってね、わたしの描いた画をとても気に入ってくれたわ」

「ヨルダン先生はおもに何を教えられる方？」

「絵画と版画の直彫りが専門だけれど、度々工房に来ては長い時間をかけて画の指導をしてくれた。でもあまりに熱心なので閉口したこともあったけれど」

「ニコライ主教の云っていたとおりになったじゃない」

「でも、そんな善いことばかりじゃなかった。しばらくたった頃から黒画をかかされることになってね、真っ黒に煤けたイコンをかけというの。これが描く対象とは到底思えなかった。自分が得心しないものをかかされる気持ちって、分かってもらえるかしら」

「イコン画の修行が始まったということね。それはつまりイタリア画ではなかった」

「そう。政子さんはもちろんギリシアイコンを知っているわね」

「ええ」

「薄暗闇の中に漂う幽霊みたいな。まるで丸山応挙の画みたいに思えた。そんなものを模写しなければならなかった。聖人の正面の上半身だけならまだいいけれど。全身を描いた聖ミハイル・マレインというイコンなどは、細長い体をした聖人像で、頭の大きさが一としたら胴体が十三もある。ロシアにはこういうのが幾らでもあった。」

「それって、画というより礼拝のための像よね。私の刷ったカードなど云ってみればお守りみたいなもの。私はそう思っているんだけれど」

「政子さんは主教の注文を受けてイタリア画を模写し印刷したでしょう。御手の物よね。でもわたしの場合は、どう見ても上手とは云えない尼僧に手直しをされ、受け入れなくてはならなかった。聖なるものだから、と云われて筆を入れられると逆らいようがなかった。ほんとうに堪(こた)えたわ」

不満が昂じはじめた八月の末頃になりエルミタージュでの実習が始まった。

「工部学校のフォンタネージ先生が度々話してくれたイタリア画や、オランダ画などの大作が驚くほどたくさんあった。二人の修道女画工と一緒にエルミタージュに通い、そこの先生から指定されたイタリア画の模写をはじめたわ」

「どのくらいのあいだ続いたの」

「八月末から十一月の初め頃までだから、二ヶ月ちょっとだった」

「イタリア画の授業もあったわけね。よかったわね、望みが叶ったじゃないの」

「けれどそれが終わると、次の課業として奇蹟者聖ニコライの大イコン画を描くように云われた。その元画の拙(つたな)さにがっかりして、気乗りはしなかったけれど、拒むことなど出来ずに制作を続けたわ」

わたしにはこの聖人ニコライの像が解らなかった。正面を向いているがその表情がとても崇高な者には見えない。どこか狡猾な人物のようにさえみえてしまう。

仲の良かった修道女画工のソフィアは、

「あなたは画だけから人物をみすぎるの」

と云い、聖人ニコライは苦難や不幸から救済してくれて、悲しみも和らげ、旅の安全さえも司ってくれる神にも近い存在なのだ、と諭そうするのだった。

だが説明されなければ、初めて見る人の内に入らない神聖とは一体何なのだ。ソフィアは厳粛な表情だと云うが、目に俗な光が灯っているではないか。見れば見るほど聖なるものが、はげ落ちてくる気がした。

首を傾げているりんを見たソフィアが、

「とにかく無心になって描き写してみることよ。そうすれば、きっと分かる」

と言ったが、もどかしげなものが彼女の表情に滲んでいた。

この画を描いた画工の力が不足していたのだ、まるで素人だ。なぜこんな稚拙な画を写さなければならないのか。反芻するうちに不快がこみ上げてくる。ともかくも耐え、模写を続けた。

「そうやって過ごすうちに無性にエルミタージュに行きたくなったの。あの広々とした空間でイタリア画を見る。そう思うだけで気持ちが高まってくるのよ。イタリア画は美しい。尼僧のフォファニアは教会にふさわしくないと云ったけれど、美しいものは美しい。それでエルミタージュに行きたいと訴えてみたんだけれど、聖ニコライのイコン制作にもっと励むように云われて、十二月の初めにはエルミタージュに行くことを禁じられたわ」

十二月の中ごろになり、イコンの指導をしているフォファニアから呼びだされた。

「あなたではない別の人を日本から呼んで習わせましょう」

面と向かって言われた。それだけではなかった。

「もっとお金を持っている人をね」

とまではっきりと。

ニコライ主教は旅の支度金を渡してはくれなかった。船室も食事もないのはお金が無いからとアナトリイからは云われた。この女子修道院に来てさえも尚お金がないと云われたのだ。

「お金を持たない、持たされなかった者の肩身の狭さが骨身にしみたわね。この時ばかりは、迂闊にもこんな遠くに来てしまったことを後悔した」

お濠に向かって話すりんの横顔を、政子がしみじみとした目で見つめている。

「私もかつて教会に住み暮らして食事を頂いていたから分かるんだけれど、そのことだけでもお金が掛かっているのよ。私は絵を描くことで月々の費用を免除されていたけれど。フォファニアさんは初めからそんなことを云っていたわけではないでしょう。ニコライ主教から、あなたをイコン画家にするよう頼まれていたんだろうし。イコン作りに本当に身を入れていたの？そうじゃないからフォファニアさんは怒ったんじゃないの」

政子に云われるまでもなかった。

その通りだ。

「主教から囁かれた、画を学べる、ということへの思いこみの方が強かったのが、躓き(つまず)のはじめだったのかもしれないわね。良き師の下でもっと学びたいということが根に強くあった。イコンと信仰は枝葉ということになっていたのかもしれない」

その結果として、教会で持参金もなく寄宿している信者のりんが、本来の使命を十分に果たさず、身勝手なふるまいを続けることは許さない、ということをはっきりと告げられたのだった。

幸いにも、この時にりんがすぐに追い出されることはなかったのだが。

「でも実際のところお金がなくては困ることもあったでしょう？」

「修道院から支給されたこともあったけれどエルミタージュへ行くときの馬車代などに使ってしまって。政子さんならどうしたかしら」

「そうねえ、やっぱり内職でなにかを描いて稼ぐしかない。でもロシアではそう簡単にはいかないでしょうね」

「わたしも考えは同じ。修道院のイコン工房に居ることを知っている人から頼まれてね。イタリア画のイコンをいくつか作って謝礼をもらったの。そのつてで肖像画も頼まれたりしたけれど、これはびっくりするくらいの額だった」

「それでその画はどうなったの？」

「そう簡単にはいかなかった。肖像画を描くにしろイコンを作るにしろ、工房では出来ないから、自分の部屋に籠もったり、夜中に描いたりしていたら、気づかれてしまって。部屋を明るくするための蠟燭を取り上げられてしまったりしたのよ。でも肖像画はなんとか仕上げたけれど」

画で望外の収入を得たことは修道女画工たちに知れわたった。イコンの模写を専らにする彼等にとって、肖像画を描くことは難しい。嫉みを誘ったようだった。

「彼女たちの模写は優れているとは言えなかった。わたしの描いたイコンに直しをいれた尼僧や修道女を、下手くそと思ったけれど、口には出さなかった。でも表情には現れていたのかもしれない」

画工たちは嫉妬を潜めながらもりんの画才を認めていた。だからこそ、自分たちに向けるりんの心情を見ぬいていた。

「指導者を尊んでいないと画工たちから嫌われ、廊下で突き飛ばされたこともあった」

「昔の事になるけれど、東京の工部学校でフォンタネージ先生がイタリアに帰国した後、あなた学校を辞めずに助手を兼任していたじゃない。あの下手くそなフェレッティ先生が来たときのことよ。私は早々と退学したけれど」

いやなら辞めて帰国すればよかったとでも言いたいのだろうか。

「あれはお殿様の援助を受けていたから、そう簡単には辞められなかったの。それに学校だったから描く画について強制はなかった」

今思えば日本でもロシアでも人様の資力を頼みにして学んできた。そのことは肝に銘じておこう。修道女画工たちを見下げて踏んだ轍も忘れてはいけないのだ。

「学校ではなく聖像画を作る工房だから、はっきりとした目的があって強いられたということよね」

「そう、その聖像画を学ぶためにはるばるやって来たんだから、耐えなければと思って頑張ったつもりだった。黒画も幽霊画もかいた。でも下手に直されるのにがっかりしてしまって」

ふと、ノヴォデーヴィチ女子修道院が記憶の底から浮かびあがってきた。ほんの一昨年のことなのに、昔の出来事のように大小の建物の群に淡く霞がかかっている。

尼僧のフォフェニアとアポローニヤが憂いをおびた眼差しで教会の門口に佇んでいる。

なぜ、イタリア画と古いイコン画を自分の中でともに受け入れるという割り切りが出来なかったのだろう。政子さんならきっと軽々と飛び越えただろうことを。

それは、自分の目で感じ、とらえたままの感覚で描くという、わたしの画の根本にかかわることだったからだ。

だから、フォフェニアとアポローニヤの指導に従うのがどうにも息苦しくなってきて、つい逆らってしまうことが度々あった。わたしがわたしであるためそうするしかなかったのだ。

フォフェニアはわたしが逆らい、誤りをおかす度に怒りはしたが、わたしを憎んだことは一度もなかった。それどころか、いつだってわたしを気遣わしげな目をして見つめ考えを聞き、受け止めようとしてくれていた。

今なら、今ペテルブルグに行けたら、前とはちがう人間として二人に接することが出来る気がする。

りんの沈黙が終わるのを政子は待っている。

よくあることだから。

ようやく、りんが目を政子に向けた。

「あなたの居たペテルブルグの修道院は学校ではなく工房で、画を描くところというより古い聖像をかき写し伝承するところなのね」

一言ひとこと確かめ嚙みしめるように政子は言った。

そういうことだが、強いられそして否定されることが、どのようなものか、常に冷静に考えて動く政子さんにはたぶん分からないだろう。

「ロシア政府から年が明けてすぐに、工芸学校に通ってよいという免状が届いたけれど、修道院で暮らし工房で学んでいる自分だけが通うということは、修道女画工たちへの手前もあって、断念しなければならなかった」

「残念だったわね。さっき私の刷ったカードをあなたはイコンではないと云ったけれど、本当はイタリア画のイコンを描きたかったのね。私もペテルブルグへ行ったらエルミタージュを見たいし、模写したい画家の画もたくさんあったでしょうね。でも現実として私には家庭があったし、行くことは叶わなかった。あなたの苦労は聞いた限りのことだけれど、分かった気がする。でもね、今の事を云えば私は子供たちのために生きなければならないし、さらに会社も伸ばしていきたいと思っているの。あなたの忍耐と努力には頭が下がるけれど、今はどうなの。今の状態で満足しているの。あなたを必要としている人はいったい誰なの」

わたしには兄との暮らしがあるが、政子さんのような家庭や子供がいるわけではない。

——でも。

とりんは思い、

「わたしは画を描き続けたい。必要かどうかも大切かも知れないけれど、世に添いたいとは思わない」

日頃変わることなく念じていることをはっきりと言った。

「私だって画を忘れたわけじゃない。でも、それだけじゃ生きてはいけないのよ。だから印刷の仕事もするの。私にとって必要だから。世間からも必要とされるから仕事がくるの。あなたはどうなの」

政子はニコライ主教から石版の手ほどきを受け、版画の制作を続けるうちに腕を上げ、自ら図柄を描き印刷もする。主教の元にも足繁く通い、細々（こまごま）とした印刷の仕事も引き受けている。

器用な人だ、とりんは思う。

わたしには出来ない。

二人は互いの目を見つめ合った。

ずいぶん遠くに来てしまった気がした。もう工部学校の頃の二人ではなかった。政子さんの見ている景色とわたしのそれとは、すでに大きな隔たりがある。

政子には家庭と会社が、りんには画家として克服しなければならない何ものかが、まとわりついている。

「どうやらお互い、違うところに来てしまったようね」

「そうね」

りんは小さくうなずき、応えた。

——けれども。

はじめから違っていたのかもしれない。

政子さんは生きる術として、わたしは生きる目的として画を選んだ。

政子は帰っていった。

りんは見送ったが、言わずもがなのことを話した気がしている。口惜しかった思い出だけを話そうと考えていたが、そうはいかなかった。

相手が政子さんだったからだろうか。何もかも吐き出さずにはいられなかった。わたしと政子さんの間は……昔とそれほど変っていないのかもしれない。

十日ほど経ち、重房が部屋にもどるなり政子の話を口にした。

「政子さんの旦那の竹四郎という人は、慶応義塾で福澤さんの教えを受けているらしいな」

重房の口調に羨ましげなものが混じっているように、りんには思えた。

「慶応に通いたいの？　兄さん」

「そうじゃない。福澤という人はうちと似た小禄の士族だったが、世の先を見ようとアメリカにわたって見聞を広めたのだろう。そのとき得られた知識やらを塾で開陳しているわけだ。そんなことより、政子さんのご亭主が百姓だったにもかかわらず、学に勉めているのに感心しているのさ」

「きっと、政子さんの後押しがあったのでしょうね」

「そうかも知れないな。だが比べるわけじゃないが、うちにはロシアの首都で二年も学んだりんが居る。福澤よりもはるかに外つ国の事情には通じているわけだからなあ。そうだろう」

「それはちょっと……」

りんは否定も肯定も出来ずに生返事をした。

アメリカがどのような国かは知らないが、ロシアが先進の国であるとは思えなかった。ペテルブルグに到着した三日後、ロシア皇帝アレクサンドル二世の暗殺事件が起こり、大きな混乱を垣間見ていた。幕末ご一新の頃の混沌とした世上が脳裡に甦ったものだった。

ロシアよりもフランスのパリがりんには好ましく思えた。久しく忘れかけていたが、佐藤女史と入ったカフェで偶然にも日本人と出会った。工部学校時代の同期生山本芳翠だった。画の勉強に来ていると言っていた。

「そうか、山本さんはパリに行く前は玄々堂の二階で絵を教えていたらしいな。洋画家はすべからくパリに行きたがると聞いているが、実際に会ったのか」

「ええ、山本さんがルーブルで模写をしているというので、わたしもエルミタージュでと言ったら、とても驚いて、エルミタージュで模写をした最初の日本人画家にちがいないというの」

「山本さんの云うとおりだ。腕のある画家でなければ模写はさせてもらえないのだろう」

「いえ、そういうことでは」

言葉を濁し遠慮がちに応えた。女子修道院の絵画工房の学業として許されたことだった。三人の画工のなかにたまたま日本人の自分が居たにすぎない。

りんの胸底には、エルミタージュのイタリア画を模索を繰り返しながら模写し、吾がものとし描けたという秘かな自負がある。それとともに修道院で型にはまったイコンの模写を強いられ、描き続けなければならなかったことへの口惜しさが今でも残っている。その抜きがたい思いが居座りつづけている。

四

晩い夏の夕刻だった。重房に誘われ、涼風に当たろうと数寄屋橋まで出て、お濠沿いの道をそぞろ歩いた。日が落ちかけ西の空が赤く染まっている。

「実はな、緑山の親爺さんとこのあいだ二人で話したんだが、親爺さんわしに独立したらどうか、というんだ」

「独立って、自分で印刷所を営むということですか」

「そういうことなんだが」

りんはとっさに思い浮かべた。あの騙された件のことだ。

明治十二年に重房は事業話に手を出したあげくに、金ばかりか身包み一切無くしたことがあった。

この一件の後、重房は玄々堂の求人案内を知り、その門を叩いた。画を巧みとする妹に、より近い職として、志を立てたのだった。

黙り込んでいるりんの考えていることが重房には分かった。

「大丈夫だ。いまの仕事を延長するようなものだからな」

東京日々、読売、時事新報などの新聞、ベストセラー小説、図画教科書等々に載せるさし絵の需要がふえていた。石版印刷が盛んに行われるようになり、印刷所もそれに伴い増えていった。

印刷機と版石が数個、そして印刷技術があれば、印刷所の立ち上げは、それほど困難なものではなかった。

「玄々堂にいろいろと仕事をくれた馴染み客がいてな。その人が、玄々堂でなくてもわしに仕事を出そう、と云ってくれている」

重房の口調がいくぶん弾んでいる。

「遅まきながらな、わしも羽ばたこうということさ。おまえや竹四郎に負けてはいられないからな」

照れ隠しなのか重房は声をだして笑った。

仕事に打ち込み、手応えを感じて、新しい一歩を踏み出そうとしている。

兄さんは一緒にやろうと言ってくれるが。自分で印刷所を始めるというなら、部屋を出なくてはならないだろう。

わたしが一緒に行くとしても印刷の仕事が中心になる。

りんには少なからず躊躇するところがあった。ビールラベルの経緯がいまだに尾をひいていた。

使われ捨てられるものに自分を費やすことが、わたしの望んでいたことなのだろうか。しかし団扇絵だって同じことではないかという自身の囁きも聞こえてくる。

わたしを必要とする人は兄さん以外に誰がいるだろう。

政子さんはご主人と会社を興し、石版印刷に邁進している。商売熱心で器用な人だ。

あの人の後追いはしたくはない。

兄と石版印刷会社をやるとなれば、政子さんと同じ土俵に乗ることになる。わたしが目指すものは政子さんとはちがう。画を描く人、画家になることなのだ。

ニコライ主教はどうだ。わたしというよりもイコンを必要としている。

ここは日本だ。ペテルブルグの修道院ではない。イコンというものは規矩に縛られた古びた聖像画でなければならないのだろうか。主教もイタリア画を好んでいるではないか。わたしの描くものがイタリア画風であったとしてもイコンとして描いたものであれば、それを求める人には通じるはずだ。あのペテルブルグの婦人のように。

ペテルブルグの女子修道院での光景が甦った。

ルーブリ硬貨を差しだして、わたしの描いたイコンを受け取った婦人の眼差し。そのとき、わたしは眼差しが語っているものを理解していなかった。今よくよく想えば、あの婦人は畏敬するような表情を浮かべていた。老いをまとい決して裕福にはみえない人だったが、胸元で十字をきると小さなイコンをかき抱くようにして帰っていった。

病気で臥す夫のために、カザンの聖母を描いてくれという注文だった。中央に聖母を、右の胸元に幼子を描き、幼子の右手は祝福の形を示した。

ヴォルガ川中流の街カザンに出現したイコンで、ペテルブルグにあるカザン大聖堂は、この聖母子イコンに献じられた教会である。病気治癒の効能があると信じられている。

聖人についての奇蹟や物語、霊験や効能は描く度に聞き、知ることができた。目に見えはしないが、イコン画を描くとき背後にある譚（はなし）を知り想い巡らすことは欠かせない。ソフィアの言ってくれたことが今となってはよく解る。

必要に応え、一点一点に魂を込めて得心出来るまで描き、それを糧として生きていけるとしたら、それがわたしの求めていた天職なのかもしれない。

画家であろうとしても、画工としてあるべき厳しい指導をペテルブルグで受けた。そのはざまで悩み抜いたことが、病気に捕らわれた原因であることを、ニコライ主教は聞き知っているはずだ。それを慮っているのか、自らの好みのためかは分からなかったが、どのように描くべきかの指示はこれまでしてこなかった。

——帰ろう。

きっと主教は待っている。わたしの描くイコンを。

必要とされる者がイコンの画工であったとしても、画家でもあるということを自分が得心すればいいことなのだ。

古びたロシアの幽霊画とちがう聖人を描いてみよう。主教はなんと言うだろう。

翌日の午後、

「教会に帰ろうとおもいます」

昼食の後でりんは戻ることを重房に告げた。

「そうか、決めたんだな。答えがでてよかったじゃないか。おまえはもう立派な画家だ。胸をはって帰ればいい」

満面に優しげな笑みを浮かべ重房は祝ってくれた。いつでもりんの意思を重んじてくれる兄の慮りが有り難かった。

気がかりはあった。

「兄さん、ご飯の支度はどうするの」

「大丈夫、賄いのおばさんに頼むから。毎度おなじようなものばかりだけどな」

「そう、それならよかった」

行李鞄ひとつの荷物をまとめることなどわけもない。

数寄屋橋の袂まで重房は送ってくれた。

「また仕事を頼みに行ってもいいか」

「もちろんです。いつでも来てください」

りんが低頭すると、重房もやわらかい面差しで頷いてみせた。

「そんな遠くに居るわけじゃない。いつでも会える。息災でな」

「そうですね。兄さんも体に気をつけて」

りんは歩き始めた。九月も末の午後だった。妙に熱く気だるい空気が体をすっぽりと包みこんでいた。振りかえってみると兄が手を振っている。

りんも手をあげて大きく応えた。

これでよかったのだ。兄の門出にわたしが居たのでは余計な気配りをさせてしまう。思うがままに仕事に没頭するにはわたしがそばにいてはいけない。

そう思うことで、自らを得心させたかった。

この頃、重房は玄々堂の工房に居残り、石版の仕事に集中していた。仕事は増えるばかりのようだった。

わたしはイコンを描こう。誰のためでもない。自分が生きるためだ。自分を生かすためだ。それが教会のために生きることになるに違いないのだから。

歩き始めてしばらくたち振り返ると、兄が遠くに小さく見えた。まだ橋の袂にいる。手をふっている。

兄とともに過ごした昨日までの日々。笠間の実家を思い起こさせる、豊かではないが安寧な暮らしがそこにはあった。部屋の隅に置かれた二つの箱膳、窓辺から差し込む光、お濠を吹き渡る水の匂い、銅版職人たちと笑い交わす声、そういったものであった。

もうあのような日々がくることはないのだろう。自ら決断した事だったが、悔恨が胸をかすめていった。目がうるんでいるのを感じた。おもいきり顔をあげ、お濠に沿って足早に歩き続けた。

ひたいにじわりと汗がにじんでくる。薄雲はいぜんとして低くたれこめたままで、蒸し暑ささえ感じさせる。

お濠の向こうにみえていた広々とした陸軍練兵場は鍛冶橋を過ぎた辺りでとぎれ、かつて重房が奉職していた警視庁の庁舎があらわれた。

兄さんは何時だって近くに居てくれる。そう思うと足の運びが滑らかになった。呉服橋が徐々に近づいてくる。その先の一石橋を渡り左におおきく曲がりながら進んでいけばいい。

ようやく駿河台下にたどり着いた。

――はやいものだ。

この坂を下りて一年が経とうとしていた。

あの時、心のうちを満たしていたものは、明るい日なたに歩き出すときの躍るような気持ちだった。生きていることを歩きながら実感していた。だが、今はどうだ。自分に問いかけてみても、あのときと違う自分が居ることだけが分かるきりだ。

見上げると慣れ親しんだ教会の屋根が坂の上にみえる。

ゆっくり一歩ずつ坂道を上りはじめた。

一陣の風が坂下へと吹き抜けていった。

一年前にもこの風を感じた。金木犀の香りを微かに含んでいる。路に沿った屋敷の生け垣の先を見上げると、濃い緑の葉叢を繁らせた大木が佇立していた。屋敷も金木犀も一年前と変わらずこの地にある。数歩先の路上には粉粒のような花弁が一面に散り敷き、そこだけが黄色みを帯びた敷物のように見える。

傾斜地に露出した湿った土の匂いも混じって、そこはかとした懐かしさを醸してくる。わずか一年ばかりの不在だったが、まるで待っていて迎えてくれている気がしてならない。

微香を大きく吸いこみ、

「ああして深々と根を張っている」

大気が胸に満ちたところで独り言ちた。

伝道館の入口へと向かった。伝道館には聖堂、ニコライの執務室と寝室、事務所が併設されている。

敷地の端には、新たに建てられる大聖堂（ニコライ堂）のための地固めの石垣が造られていた。職人が忙しげに動き回っている。

伝道館にはいり、ニコライ主教の執務室をノックした。

「どうぞ」

という声を確かめてドアを開けた。主教がいつもの椅子に坐りこちらを見ている。手許には厚手の本が展（ひろ）げられていた。聖詠経のようだ。

「ただいま戻りました」

と言い深々と頭をさげた。

ニコライ主教はわたしをしばらく見詰めていたが、ゆっくりと頷き、

「得心は出来ましたか」

心のうちを覗き込むような目をして問いかけてきた。

「はい」

とだけ答えた。

主教の口許が唐突にゆがんだように見えた。それは含みのある笑みのようであった。

言葉が足りなかったろうか。しかし自分の意志に従ったのだから、言訳がましいことを口にしたくはなかった。

不在についての詫びをはっきりと口に出すべきだったろうか。銅版画というもののすべてをつかめたとは思っていないが、ここでイコンを作って生きていこうという意志は、気持ちのうちに確かに醸成している。それを言おうとした矢先、

「画室は一年前のままです。どうぞ使ってください」

主教の許しが聞こえた。特段の感情は込められていないように思えた。

ありがとうございますと応え、女子神学校の奥まった二階の画室へと向かった。

この一年の間の羽ばたきは、わたしに何をもたらしたのだろう。脳裡にあるものは混沌の末に見いだした一条の光のようなものだった。

この光の先にあるものがわたしを導いてくれるイコンなのだろうか。そうだ、それに違いないという声がきこえる。しかしそれだけではないだろうという囁きもかすかに聞こえてくる。

相反するものが揺れながら胸底に居座り続けている。

神学校の階段を上がった突き当たりに、工房となっている部屋がある。ドアを押してはいってみると、部屋はかつてのままであった。南側の小窓が開け放たれていた。

外の風を入れてくれていたのだ。

わたしの戻るところは、やはりここしかなかった。

小窓に近づいていった。窓の外に広がる景色の先に、水平にきらりと光るすじが見えた。

凪いで平らかに鎮まる海がそこにあった。

「わたしもあんな風に平らかになれたら……」

呟きが思わずりんの口からもれた。

2017・12

日向のパラシュート

あれほど騒がしかった蟬の鳴き声も今は聞こえてこない。

十月というのに胸元の汗がべたついてくる。白く焼けついた歩道が長々と続いていた。刺すような陽光が白いシャツを透し、背を焦がしてくるようだった。旧水戸家の上屋敷に造られた庭園を見に行こう、と言いだしたのは妻の美輪だった。

「一度は見ておきたいのよ。六義園も清澄庭園も浜離宮も見ているから。学生のころは野球場のあるところぐらいにしか思わなかったし」

三十一の同い年の妻が時代小説を秘かに読んでいることを知らないわけではなかった。引合いにだした庭はすべて、江戸のころ一時代を劃した権力者達が築いたものばかりだ。

「それだけあちこち見ていればもう十分じゃないか。日本庭園なんてどこも同じさ。造り方が決まっているんだから」

「そんなこと言うんだったら、もう何も見なくてもいいってことになるじゃない。出不精は体によくないわよ。あなたのお祖父さんはあちこち出かけたんでしょう。中国やロシアにまで。新鮮な空気を吸うだけのつもりでもいいじゃない。行きましょう」

他愛のないやりとりの末に、暑いさなかここまでやってきた。庭園の正面入口に券売所がありすぐ脇に案内板が立てられていた。入場券を求め、先にむかう細い道を進んだ。しばらくすると、陽が届かなかった森の中に、空がぽっかりと開いている一郭があった。池の水面が目の前に広がっている。空の青を映し、陽の輝きを返していた。

「この池は、余所とくらべるとどうだい。出来具合は」

「生意気を言うわけじゃないけど、普通ね。六義園ほどの趣はないし、浜離宮のような開放感もない。清澄とは水の色は似ているかも知れない。造らせた主の心映えが出るんじゃないかしら」

ずいぶん勝手なことを言っている。秋の紅葉になれば今とはまったく違う風情を醸すだろう。そのころになればまた、どこかの庭を見に行こうと言いだすに決まっている。

こうして散策しているが、妻に出好きといわれた祖父の過ごした時間はどんなふうだったろう。八歳の年に亡くなっていてあまり記憶に残っていないが、アトリエで絵筆をゆっくりと動かしている、背を丸めた逸夫のイメージだけが浮かんでくる。

明治二十五年に生まれ昭和三十八年七十三で世を去った。ともに生きた祖母の小夜も五年後に他界している。

「なに、ぼんやりしてるのよ。まだ三分の一ぐらいしか歩いていないわよ」

美輪に急かされて森の奥へと向った。

「一周して戻らなくちゃならないのか。出口専用なんていうのはないのかね」

「言うだろうと思ったわ。この道をまっすぐ行けば出口よ。庭園を横切ったわけだけれど、まあいいわ。ここはわたしの好みじゃなかったし」

通りに出た。あふれかえるように注ぐ陽を浴び、ほの暗い洞穴をさまよいでたような感覚に捕らわれ、一瞬立ち止まった。焼けて粉をふいたアスファルトの道がまっすぐに延びている。

「あなた、あれ見て」

美輪の指さす先には黄色い鉄柱の塔がそびえていた。遊園地の中にある。開きかけた大ぶりな傘の下には小さなワゴンが括りつけられている。ワゴンの狭い足場に立っている男が、塔の天辺に向かってゆるゆるとつり上げられてゆく。

「あんな高いところまで、お金をだしてよくやるわよね。こわいこわい」

と言いながらも美輪は目線を外そうとはしない。てっぺんに着いたところで落下しはじめた。塔の中ほどのあたりで白い傘がすこしばかり開いた。碧空にワゴンのスティールパイプを光らせながら舞い降りてくる。どこかで見た光景だ。

——あれか。

祖父の描いた画だ。

二百号はある大きな油絵だった。だがすでに実家にはない。戦時中に描かれ、戦後米国に接収されたが、今から十六年前の昭和四十五年に近代美術館にもどってきていた。

小学生のときに〈ひなたの落下傘〉という題だと聞かされた。実物がアメリカにある頃で、大判のカラー写真を見て問われた父が、そう答えた記憶がある。後にその題ではないことを知りはしたが、この題名のほうがしっくりと合っているように今でも思っている。

カンバスの七割方には、つきぬけるような果てしもなく碧い空が広がっている。熱気と湿気を含んだ黄色みを帯びた雲も浮かんでいる。それはふわりとしているが動くことはない。碧空と雲のはざまに大小無数の透明な傘が、舞い降りようとしている。陽が射しこむ浅海にゆらりと浮遊するミズクラゲのようである。クラゲの足の結び目には、黒く小さな人形が繋がれている。地平の奥には入道雲が湧きあがり、中央奥の二人の兵士が落下傘を畳んでいる。

しかしあまりにも明るかった。天空を眩いばかりの碧で塗り込めた祖父が、突き動かされた心地とはどういうものだったのだろう。輝きのわけを推し量るだけではなく、もっと知りたいと思った。

一

祖父のことを他人から一度だけ聞かされたことがあった。中学に入った頃だったが、戦後二十年を経ていた。

中学の教科に美術の時間があり、その日は特別で遠足を兼ねていた。教師に伴われ小岳沼へと写生に出かけた。

駅から沼へまっすぐ続く坂道を一列になって下っていった。

広々とした沼が見通せる場所にくると、風が微かな音を奏で幾重にも吹きすぎていた。水辺に生える葦の群生がこすれ合う音のようだった。そのたびに水面に細波が立ち、とぎれとぎれに現れては消えていった。

遊歩道が目の前に通っていて沼を巡ることができる。そのT字路を左におれてさらにすすんだ。

クラス全員が沼の西側に隆起している丘の上にたどり着いたのは、正午まであと二時間ほどの時分だった。眼下にはてらてらとした鈍色(にびいろ)を照り返す沼が広がっている。

昼ごろまでにスケッチし、水彩で仕上げるという授業内容だった。ほとんどの生徒が沼を見下ろす場所に陣取り、周囲にひろがる田園を描きはじめた。濃い緑に覆われた稲田は海原のようで、ときおり吹く風が細波をたてた。

みんなと同じ対象を描くなどつまらない。丘を覆い尽くす雑木林の奥に、小さな祠がひっそりと建っていた。馴染みのない場所の景色を描くための遠出だと分かっていたが、どこにでもあるもののほうがいい。

祠へと続く小道があり、建物の周りはきれいに掃き清められていた。形ばかりの短い参道の脇に小さめな石垣が並んでいる。

それに腰掛け、水彩の筆を動かしていると、

「多田は沼には興味はないか」

背後から美術の教師である青木先生が話しかけてきた。集中していたのかも知れない。ひとが近づいてきた気配は感じなかった。

「なにを描いてもいい、ということだったので」

真後ろに先生は立っていて、首を回してみても顔は見えない。そのままの姿勢で答えた。

「そうだな。確かにそう言った」

青木先生は担任でもあった。地味な人柄であることを子供心に感じとっていたが、話をするとこちらの気持ちに自然に入り込んでくる。生徒の意思を重んじてくれる善良な人のような気がしていた。

「描きながら聞いていてくれればいいんだが」

小道の反対側に並ぶ石垣に腰を下ろして話しかけてきた。

——何の話だろう。

先生のほうに体をむけた。

すると立ち上がって横に来るなり描きかけの画を覗き込んだ。同じ視線で祠と木々の間に見える空を見上げている。

指摘する部分が画のなかにあるのだろうか。

「こういう機会だから言おうと思ったんだが、実をいえば、きみのお祖父さんの逸夫さんにね、先生は教えを受けたんだ」

まったく予想だにしない話にとまどい、それが顔に出ていたかも知れない。

青木先生はこちらを見て大きく頷き、

「その教室は画塾二十二というところでね。三年ほどしか開いていなかったんだが、ぼくは最後の一年間、教えを受けたんだ」

と言ってまた頷いてみせた。それは自身にむけた頷きのようにも見えた。

なんと答えたらいいか分からなかった。祖父についての記憶は曖昧だった。ほとんど無いに等しい。生まれた時に大喜びして抱いてくれたとか、おむつを替えてくれたとか聞いてはいるが。

「小さかったんでお祖父さんのことはあまり覚えていないんです」

「そうだな。いや余計なことを言ったようだ。でも結構お世話になったからね」

余計だなどとは思わなかったが、祖父についてもっと話を続けたい気配を、その口調から感じた。担任であり美術の教師でもある先生が、自身について話をしたことはこれまでなかった。

初夏の頃で、時おり沼のほうからぬるい風が吹きあがってきた。中天に近づいている陽ざしが、丘に、沼に、田畑に注いでいる。生徒たちはそれぞれに散らばり描き続けていた。早々と仕上げ、沼の際へと下りていく姿が見える。

「おーい、あんまり水辺に近づくなよ。危ないからな」

両手をメガホン代わりにして先生は怒鳴った。
先生と二人きりで身内の話をする機会などあるわけがなかった。今後もあるとは思えなかった。

「どんな人でしたか」

自分の祖父について他人に聞くことに躊躇（ためらい）を感じはしたが、父からはほとんど聞いたことはなかった。名の通った画家だったとだけ言ったが、それだけでは何のイメージも湧かなかった。

「磊落（らいらく）という言葉を知っているかい。よく豪放磊落という熟語が使われるけれど、朗らかなことさ。逸夫先生はあまりこだわることのない人だったな。だからといって、教えることが雑だったというんじゃない。しっかり教えてくれた」

「お祖父さんが何歳の頃ですか。六十ぐらいだったのかな。先生はうちの父と同じぐらいですか」

青木先生と父とは年齢が近いように見えた。

「父さんは何年生まれだ」

「昭和二年ですが」

「そうかぼくは四年なんだ。二つ下だな」

「その教室に父は居たんですか。父は油絵ではなく日本画の画家をしていますが」

「君のお父さんのことは知っているさ。ぼくが一年通った教室というのは逸夫先生のご自宅を開放したものだったんだ。そう、君の家だよ。二十二というのは昭和二十二年のことで、その年に始められたんだ。君が生まれる前の話だよ」

家を教室に使っていたなどまったく聞いたことのない話だった。

「君のお父さんにお会いしたことは無かったと思う。ぼくも一年しか通えなかったからね」

青木先生は一年しかという言葉を口にした。期間が短かったと言っているようにも聞こえた。

「三年というのはやはり短いんですか」

「洋画の研究塾ということで新聞に出たほどだから、三年で終わるとは誰も思わなかっただろうね。でも、逸夫先生を恨んでいるとかではないんだ。かえって感謝しているくらいだ」

「感謝ですか」

思わずおうむ返しに口をついてでた。不満ではなかったのか。

「ぼくは二十になっていたが、画は子供の頃から描いていてね。まあ、下手の横好きというやつさ。終戦後に早々と開校したというのを人伝に聞いてね。三年目になっていたが入門したというわけだ」

「先生、感謝って何のことですか」

「そう、それなんだが。ちょっと回り道のような話になるんだが、いいかな。他の生徒にこんな話はしないし、するつもりもない。君のお祖父さんが画家として名を成しておられたからこそ出来る話なんだ」

「名を成すって有名だったわけですか」

「そういうことだね。逸夫先生が教室を閉じるにあたって、当時二十人ほど居た塾生に向かって言ったことは、伏田先生がパリに行かれるのを汐に閉じることにした、ということだった。伏田先生をお目当てにする人が多かったからね。それと五人の先生で始めたが、これで三人が去ることになったこともある。逸夫先生に付いていたのは、ぼくの他に二人いたがね」

「伏田先生というのはあの？」

「そうだよ。でもぼくは初めから逸夫先生に付いたんだ。ある画がものすごく印象に残っていてね。それで決めたんだが。その画の話はいつかはわからないが別の機会にしよう。先生に指導してもらっていたのは三人だった。当然、作風も実力も違っていた。二人には余所の絵画研究所に行くように勧めたようだった」

「先生だけ違ったんですか」

「逸夫先生はぼくに言ったんだ。一から学んでみたらどうかとね。新制の美大が出来た頃だった。君の人生にとってきっとプラスになるだろうし、決してマイナスにはならない。君は画が心から好きなようだし、一生描いていける道を進むべきだと、言ってくださった」

「他の二人とどこが違うんですか」

「ぼくの実家は利根川沿いの百姓で、江戸の頃からなんとか続けてこられたんだが、上の学校へ行く余裕が少しばかりあることを逸夫先生は知っておられた」

「それで美大を勧めたんですね」

「君はこれからどっちの方向に進むのかな。仕事のことだよ。いってみれば君の家は画家の家系だからね」

また話の向きがかわった。

「まだ何も」

と答えた。中学というところがどういうところかようやく分かってきたばかりだった。

「お父さんとはそういう話はするかい」

「いえ、まったくありません」

「ぼくはね、君がこの小岳沼に来て沼ではなく祠を描いていることに、ちょっと興味を持ったんだ」

何故そんなことに。

「画家というのは他人と同じようなものを描いていてはダメなんだ。同じものを描かなければならないとしたら、自分が見て感じ取ったものを独自なものとしていかに描くかということなんだ。つまり、君の対象の選び方に画家の家系を見た気がしてね」

こんなに熱く語る青木先生は初めてだった。けっして褒めているわけではなく多田の家系について言っているようだ。

「単純に、人と同じものを描いても面白くないと思っただけですが」

先生は二三度うなずいて考え込み、わずかな沈黙があった。

「もとの話にもどるけれど、逸夫先生が大学を勧めてくださったのは、おそらく、ぼくが勝手に思っていることなんだが、ぼくに飛び抜けたものが無いことを見抜いておられたんだろう、と思うんだ。こんなことは、もちろん生徒だからというんじゃなく、君が画家の裔であるから話したんだが」

「そういわれてもぼくにはまだ先のことなんか」

「それは分かった。本音を言えばね、画家として立つということはすごく厳しいことなんだ。見る人を有無を言わせずに惹きつけるものが無くては成り立たない。ぬるいものを描いていては生きてはいけない。美大を出て、中学の美術教師の口が見つかって、こうして曲がりなりにも画を描き続けることができるし、路頭に迷うこともなく家族を持つこともできた。逸夫先生はぼくの人生を見通して、助言をくださったように思えてならない。感謝せずにはおれないよ」

「難しい仕事ですか、画家というのは」

「うん。そうだね」

印象に残った画とは何かを聞こうとしたときだった。

「先生、そろそろお昼になります。お弁当食べてもいいですか」

参道の入口にある小さな鳥居から、ひとりの女生徒が声をかけてきた。塚田美輪だった。その後ろに脇田清美もいた。

「ああ、そんな時間か」

先生は腕時計を覗き込むと立ち上がった。

「君もいつかはこれからを考えなければならないときがくる。今日はまあこんなところだな」

と言い女生徒の方に向かって歩き出した。


この時の青木先生とのやりとりは、折に触れて胸の底のほうから浮かび上がってきた。大学進学の時期になって思いだしたのは言うまでもない。画を見る機会は多かったが、画を描く気概が乏しかったことを自覚していたこともあって、美大への道は考えなかった。文学部で美術史を学び大学院に進んだ。

その後、東京に就職の口はなく、欠員の出た県立の郷土資料館に採用された。教授のコネに頼ったのだが、当時はごく当たり前の就職の仕方だったように思う。今も学芸員として奉職しているが、青木先生の助言が気持のどこかに潜んでいて、結果からすればそれを受け入れたということになるのかも知れない。

あの丘の上で青木先生が言っていた、心に残った祖父の画について話をする機会は、その後ついに訪れることは無かった。

二

お盆の時期になり例年通りに実家を訪ねた。美輪も同行した。姉の陽子は来たが良人は用事があるということで顔をみせなかった。

実家はＭ駅の南口から歩いて十五分ほどのところにあり、武蔵野の面影が残るこんもりとした雑木林を背にしていた。ＪＲのオレンジ色の電車が停まり、黄色いＪＲ車両と青いベルトの地下鉄線も並走している。

都心からは遠いようでいて、交通の便は悪くなかった。

「美輪さんの家からだとやっぱり大変でしょう。二時間は掛かるのかしらね」

訪ねる度に母の咲がお決まりの問いをかけてくる。

「母さんこの前も言ったけど、いまでは一時間ちょっとで着くんだ。特別快速というのがあるからね」

「そうなんですお母さん、最近はずいぶん便利になったんです」

母は美輪に一瞬険しい視線を向けた。何か言いたげのようだ。便利ならもっと顔をだせばいいのに、と思っているのかも知れない。

「佛峰寺の住職が代替わりしていたね。お祖母さんの十三回忌の時は先代があの濁声でお経をあげていたよね。声もスタイルも当代はずっとスマートだ」

檀那寺から住職がお経をあげに来た。十五分ほど経を唱え、終えるといつものように、うやうやしくお布施を受け取った。出されたお茶を飲み、近頃の先祖供養が簡略化していることに嘆息を漏らし、少々雑談を交わして帰っていった。

三時半を過ぎていた。檀家を経回りする順番が終わりの方になるらしく、毎年この時間帯にくる。

「尚也さん、お勤めのほうはどう」

湯呑茶碗を片付けたところで母が尋ねてくる。

今日は子供の話題をもちだしてこない。結婚して四年。

「子供が出来ないことを話題にしないでくれ」

電話で予め念を入れておいた。

「まあそれなりに頑張っているつもりだよ。今日は父さん居ないの。急用でもできた?」

「お坊さんが経回りに来たいという日を、お寺さんに了承した後になって、協会の集まりが急にきまってね。臨時の役員会らしくて、夜から飲み会だそうよ」

「親爺もいい年なんだから、飲み会なんて断って帰ってくればいいのに」

「あいかわらず父さんマイペースなんだ」

姉の陽子が口をはさんでくる。

「お祖父さんゆずりだからね。お仲間に呼ばれたり、気が向いたりしたら、いつでもどこでも行っちゃうのよ」

「お祖父さんて、満州にもロシアにも行ったたって聞いたことがある。本当なの？　お祖父さんのことはうっすらと憶えているんだけど。父さんほとんどお祖父さんの話はしなかったわよね」

「そうなんですか。ねえあなた、青木先生のことはお母さんに話したことあるの」

「青木先生っていうと尚也の中学のときの担任だった人よね」

母の口調が滑らかになった。どことなく愁いをふくんでいた表情に生気が差した。

「そう。でもよく覚えていたね。先生の事を話したことあまりなかったのに」

「ねえ美輪さんあなたもそうだった？」

「そうだったって何がですか」

「だめよ、隠しても。あなた先生の追っかけだったでしょう」

母の物言いが突然、くだけたものになった。

豹変ぶりに驚いて三人で思わず顔を見合わせた。

「いえ、追っかけだなんて。わたしは美術部の部員でしたから。ちゃんと先生として尊敬してましたよ」

あわてた美輪がしどろもどろに答えた
「先生はやせぎみでね。当時人気のあったフランスの俳優ジェラール・フィリップに似ているって囁かれていたの」

美輪の狼狽ぶりを楽しげに眺めている母の脳裡には、先生の面差しが色濃くあるようだ。

この中学校から高校は公立に進んだ。美輪はそのまま大学付属の高校に入った。再び出会ったのは、勤めている資料館に美輪が客として来館したときだった。

「あー驚いた。母さん先生の追っかけだったの」

姉が大仰なそぶりをして、

「知らなかったわ。まさか父さんそんなこと知らないわよね」

とたたみかけた。

「追っかけなんかしてないけど、この辺では美形で有名な先生だったわ。実際は二、三度見たことがあるだけ。それでも噂になるだけの雰囲気はあったわね。ときめいたりはしなかったわよ。でもまだわたしも若い部類だったし」

微妙な言回しで否定すると、虚空に目を這わせ目元にかすかに艶めいた笑みをうかべた。

その面（おも）に母とは違う女性（ひと）を見た気がして、横にいる美輪の表情を窺った。気づいた美輪は曖昧な笑みとかすかな頷きをよこした。

小岳沼の丘の上で先生と交わした事々が甦った。

木漏れ日の中で空を見上げた先生の顔は陽を受け輝いていて、言われてみればかなりの美男子だったようにも想えてくる。そのとき目にした新緑の木々の葉群や、海原にも似た沼の強い照り返しさえも、鮮やかに甦ってきた。

一瞬迷ったが上機嫌な母をみて聞いてみようという気が起きた。

「母さん、青木先生はね、お祖父さんの教え子だったらしいよ。知っていた？」

「ほんとうなの。知らなかった」

「そうなんだ。画塾二十二の最後の一年間だけ指導してもらったって言っていたよ」

「ああ、あれ。うちで開いていたという画塾よね。わたしは直接は知らないの。一度だけ義父さんが話してくれたことがあったわ。そお青木先生がね」

母の華やぎが何とはなしにしぼみ薄れたように思えた。

「先生が言っていたけれど、お祖父さんは磊落な人だったらしいね。あまり物事にこだわらない質だったたって」

「そうねえ」

表情に憂いが滲みはじめている。

——やっぱり。

祖父のことには触れるべきではなかっただろうか。

それは他人事ではなかった。

その苦みは大学院に居た頃に味わった。

「君の父上は久弥さんだろう」

二年次に進んでいた有田保という男が、数人の院生と雑談をしている折、何の脈絡もなく割り込んできた。

二、三つ年上らしかったが既に頭頂が薄くなっていたことから、老けて見られていた。その自覚があるせいか分からなかったが、権高な物言いをすることが度々あった。院生達の机がある研究準備室で有田に噛みつかれた人は少なくない。疎まれているような敬遠されているような空気のなかに居ても、気にする素振りは見せなかった。

父上だなどと気取って言うがこの人はなぜ知っているのだろう。親のことは周囲には話していないし、かつて聞かれたこともなかった。父が画家であることといま研究していることの間に何の脈絡もなかった。

腕組みし見下ろすようにしている男の目を、椅子に坐ったまま見あげた。蔑むような目つきだった。

「ということは君のお祖父さんは多田逸夫ということになる」

薄笑いを浮かべる有田の表情を見つめた。

この男の言いたいことは凡そ想像できた。

学部で日本美術史を学んだ。戦中の作品観賞で、戦争記録画として伏田の作品が主だったが、祖父逸夫の作品も一点だけ紹介された。学生数が多く、一通りの時代背景とそれらの画が作成された経緯、戦後の批判が簡単に説明されただけで、次の戦後・現代美術へと授業は忙しなく進んでいった。

父が昔言っていた、「名の通った画家だった」ということは相応に当たっていた。

有田が唐突に歯を見せ、鼻先で笑った。

――こいつは俺を。

見下すつもりなのだ。

「それがどうだと」

「どうもこうもないが、君はなぜ絵描きにならなかったんだ」

何故そんなことを聞いてくる。それを問えるほどの間柄ではないし答える必要もない。

「あなたと何の関係もない」

「君の親爺さんのように日本画に逃げれば良かったじゃないか」

「逃げる？」

「有田くん、止めないか。そういうのを僭越と言うんだ」

やりとりを聞いていた東洋美術史の講師が、有田のすぐ後ろに来て言った。

「さあ、それまでだ。みんなやることがあるんだろ」

促された院生たちはそれぞれの机へと散っていった。

この日から時間の余裕を見つけては戦時中の画について調べはじめた。すでに戦後三十数年を経過していた。青木先生から祖父の人柄といったものを聞いてはいたが、あのカラー写真の画以外の画業についてはまったく知らないに等しかった。専門がエジプト新王朝の芸術ということもあった。孫だから、父も母も語らなかったからと言っても、祖父のことをあまりに知らな過ぎた。まったく暢気(のんき)なものだった。

女三人が広くもない台所で忙しげに夕餉の支度をはじめた。七時すぎには食卓に料理がならび、ビールで乾杯した。四人でとる食事はいつもより賑やかで話も弾んだ。

食後のお茶を飲んでいるときに、

「泊まっていくんでしょ。ねえ美輪さん」

母が尋ねたが姉には聞かなかった。

「いつもすみません」

美輪は言い、目線をよこした。美輪の目力に押されて、

「母さんよろしくね」

すぐに重ねるように言った。母が一瞬呆れたような表情を浮かべ、何も言わず頷いた。毎年、盆と暮には一泊だけはするようにしていた。

父が九時ごろに帰ってきた。

「早かったね」

「そうだな。みんな年をくったせいかあまり呑めなくなってな」

父は六十になっていたが八人いる役員のなかでは若手の部類だった。

「のど乾いたでしょ」

濃い目のお茶を注いだ筒茶碗を父の前に置くと、母は二階に上がっていった。美輪と姉も続いた。姉も泊っていくらしく、その準備を三人でするようだ。

父親と二人きりになるのは久しぶりだった。

二人とも黙っていると、裏の雑木林で鳴く虫の音や、鳥の鳴き声がやけに大きく聞こえる。このへんには未だ野鳩が住んでいるのだろう。ほうほうという辛気くさい鳴き声を飽きもせずにくり返している。夜中だというのに仲間でも呼んでいるのだろうか。縁側の網戸のむこうに、昼間の暑熱を包みこむように漆黒の闇が広がっている。

「仕事はどうだ」

ようやく父が沈黙を破った。

「あまり変わり映えはしませんが、まあおもしろいところもありますね」

小さくうなずき、続きを待っている。

先月まで開いていた江戸後期の古文書と木乃伊（みいら）の企画展示について話した。展示品のなかには所蔵しているものと企画のために借り出したものがあった。江戸を懐古するブームが大きくはないが静かに起こり始めている。人魚の木乃伊と言われているものにエックス線を照射した写真を添えた。内部の木組みがもろに見えている。人魚に御利益があり、幕末の頃に盛んに作られた。

そういう話だったが真面目な顔をして聞いている。

「百年以上も前に木乃伊を作った職人が居て、今もそれが残って展示されるというのはいい話だ。いくつになっても知らないことは山ほど有るな。いや、知らないことの方が多いと、ちかごろ思うようになった。年かな。若い頃は何でも分かった気がしていたが、そんなもんではないな」

父が若かった頃のことで今でも忘れられないことがあった。

「昔のこときいてもいい」

問うような顔付きをして目線を向けてきた。

「子供の頃、あのカラー写真を〈ひなたの落下傘〉だと教えてくれたけど」

「カラー写真？」

「でも本当の題じゃなかったと分かったのは大学院に居たときでした」

空になった筒茶碗を両手でもてあそんでいる。思いだしているようだ。

「確かにそう言ったな。おれも若くおまえは子供だった」

「実はあれが絵なのか写真なのかよく判っていなかったんです」

「そうだったのか。まあそのうち、自分で知ろうとすればいろいろ見えてくるだろうからな。画について説明しても理解できるとは思えなかった」

母が二階から下りてきた。

「なんの話」

「むかしのことさ。逸夫じいさんの画のカラー写真、憶えているだろ」

「あれね。そお、いろいろあったわね」

しみじみとした調子で言った。

美輪と姉は二階で話し込んでいるという。二人には子供がいなかった。母はそのことを口にしなかったが、まだ諦めてはいないだろう。孫の顔を見たいと去年まで言っていたのだから。

母が自分の筒茶碗に茶こしと茶葉をいれると、ポットから湯を注ぎ込んだ。

「あなたも飲む？」

と聞いてきたが、夕飯にビールをけっこう飲んでいて、もう十分だった。

「わたしは二十五年に嫁に来たから、お祖父さんが戦後すぐの大変だった頃のことは知らなかったけれど、その後も何度かあったわね」

「なにがあったの」

「もう話してもいい時期だから言うけど、いつだったかこぶし大の石を投げ込まれたことがあったのよ。戦争協力画を描いてけしからん、て墨で黒々と書かれた新聞紙に包まれていたわ。ばかやろーって叫んでばたばた足音をさせて逃げていった。縁側の窓ガラスが割れてね。警察に届けたわよ。でも結局分からず終いで。こわかった」

「初めて聞いた気がするんだが」

父が真顔で問いかけた。

「そうよ思いだしたわ。陽子が二歳になった頃で、あなたが逸夫義父さんと東北にスケッチ旅行に行っていた時期でした。二週間も行ったきりで」

物言いにどことなく非難めいたものが含まれている。なにか言いたげな顔をした父だが、

「そうか」

と言っただけだった。

「このスケッチ旅行の一年後に東北秋景父子展を開いて、うまくいったんでしたね」

母がとりつくろうような言い方をした。

「画家の家に嫁に来たのだからと義母さんに言われ、口を噤んだわよ。でもね、そのことだけじゃないの。陽子も尚也も憶えていないだろうけど、昔はね押売りという怖い人たちがいてね。ゴムひもや歯ブラシを売りに回ってくるのよ。玄関に上がり込んでね。普通よりも高く売りつけようとする。男の人が居ないのを見計らってくるの。怖い顔をして大声をだして。昨日まで刑務所に入っていたって凄むの。とくに酷かったのは、逸夫義父さんのことを知っていて、戦時中も絵を描いていてそれなりの生活をしたんだろうから、買えというのよ。わたしは嫁だから知りませんと言っても、動こうとしなかった。しょうがないから買ったけど。あとで義母さんに叱られたわ。じぶんは奥にひっこんでいただけなのにね。警察に報せようにも電話がなかっ

たし。これはあなたにも話したわね」

「うん、聞いた」

父が即座にうなずいた。何度も聞かされた話なのだろう。ずいぶん前に他界している姑への愚痴のようにも聞こえた。

「それ以来、陽子と尚也にお祖父さんの話はしないように二人して決めたの。知っていることでかえっていやな思いをしないようにね」

大学院のころ祖父について記述されたものをいくつか読んだ。それらの多くが戦争記録画を描いた画家たちの生き方を弾劾する内容だった。両親が語りたがらないわけが分かった気がした。

だがいま母が語ったことは、祖父逸夫の存在を恥じてと言うことではなかった。戦後に湧きあがった指弾を、あえて子供たちに伝えないよう親としての配慮を働かせた、ということのようだ。

「今日はどうしてこんな話になったんだろう。おれの居ない間になにかあったのか」

「青木先生の話がでてからかしらね」

母の表情に明るさが灯った。

「わたしは風呂に入って寝ますからね。青木先生の話は尚也から聞いて」

母のときめきらしきものについては触れず、青木先生との会話を一通り話した。

「画塾二十二か。懐かしい。しかし塾が始まった年にわしは軽井沢に居てな。井上先生のところに弟子入りして励んでいた頃だ。青木先生とは会えるわけは無いな」

「井上先生って光穂さんのこと」

「もちろんそうだ」

応えた父の表情に画家としての余裕が浮かんでいる。四百人ほどの日本画家の団体である光彩会で理事を務めている男の顔だ。

大学院の準備室で有田から投げつけられた言葉が甦ってきた。父のことを日本画に逃げた男だと言っていた。今なら聞けそうだ。

「父さんはなぜ日本画を選んだの」

「親爺がそうしろとな。それで井上先生に頼んでくれた」

「戦時画のことがあったから？」

父の目に一瞬強い表情が現れた。目をそらすと黙り込んだ。

「いいんだ、話したくない事だって分かっているから」

「そうじゃない。おまえと陽子に話していないことはいろいろある。今まで話す機会がなかったし、聞かれもしなかったからな。兄貴達のこともそうだ。二人とも南方で戦死していてな。長男次男をなくしてお袋はすっかり老けこんでしまった。疎開先から戻ると家は残っていたが家財道具やら服やらは盗まれてからっぽだった。警察に言っても動いてはくれなかった。そんな話は山ほどあったということだ。母さんと結婚する前のことだ。それでもおやじは頑張って働いた。決して楽をしていたわけではない。だれも彼もが苦しい時代を過ごして今がある。戦時中は皆同じ方向を向いて仕事をしたし、生きた時代だった。終戦の前年、中学を卒業すると軍需工場へ行けという指示がきた。兵器工場だった。従わなければならなかった。日本を守ろうと誰もが思っていたはずだ。だから必死に働いた。でも正直なところ坂を転がり落ちているような気がしなくはなかった。夏のさなか唐突に終戦となった。戦後になると、いろんな奴が言いたいことをいろいろ言った。親爺は親爺だった。精いっぱい画家の仕事をしたと、今でもおれは思っているよ。それで……」

「それで？」

「親爺としてはたぶんあとあとを考えたのだと思う」

同じ洋画で生きていこうとすれば、親のかぶった火の粉の記憶がどこかで息子に降りかかり、要らぬ軋轢（あつれき）が生じると祖父は考えたのだろう。青木先生への目配りと根にある気持ちはおなじだ。

「だがな日本画に進みたいというのはおれの希望でもあった。かなり昔になるが黒田先生の湖畔という油絵をみたとき、日本画のようなしっとりとした質感にほんとうに圧倒された。おまえも見たことがあるだろう。おれの求めているものはこれだと思った。子どもの頃から見よう見真似でスケッチを続けていた。あんなふうに日本の山河や人を描きたい。ならばあえて洋画ではなく日本画を目指してみようと秘かに決めたのだ。でもな日頃から油絵に全身全霊で打ち込んでいる親爺の姿をみていたから、日本画に進むというのはちょっと言い出しにくかった。戦後すぐに親爺から井上先生に紹介されたときは驚いたし感謝したさ。おれの本音を見抜いていたのかと思ったほどだ」

まったく分かっていなかった。父自身がみずから日本画を目指していたのだ。

有田が皮肉まじりに言ったことは、より強く戦争記録画に関わった洋画を避けて日本画を選んだのだろうということだ。それが頭の隅に残っていた。祖父への批判文をいくつか読み、有田の言を真に受け、父を慮（おもんぱか）っていたのだ。聞けばすぐに分かることだった。自分の頭を拳で殴りつけたい気分だ。

息子でさえ知らなかったのだから有田に分かるはずがない。

画家本人の意志を知ることもなく勝手な推測で決めつけようとした。あの男の軽率で的外れな毒気に当てられただけのような気がしてきた。

親が子の将来を思うのは至極あたり前のことだ。どんなふうに仕事を選ぼうと他人が口を挿む筋合いではない。

「お祖父さんは常識の克った人だったんですね」

「そうだな。ところで陽子はどうしてる」

母が風呂に入ったころに陽子が台所に下りてきて、なにかを隠すようにして二階に上がっていった。

「たぶん、お酒だとおもうけど、二階に上がっていったから美輪と酒盛りをしているのかもしれない」

去年も二人だけでこっそり飲み会をしていた。何を話していたか分からなかったが、終わった後で美輪が楽しげな表情をしていたことは憶えている。

「陽子が二十五年生まれだということは知っているな」

頷いて応えたが、さっき母は二十五年に嫁に来たと言っていた。うっかり聞き流していた。父と母の結婚した年を迂闊にも姉弟ともに知らなかった。両親が意識してその話題を避けていたからか。今、それとなく言われ気づいた。

「もしかしたら子供が先なの」

「陽子が知っているかどうかは分からないが、そういうことでな。軽井沢に居たときに母さんと知り合った。山林持ちの娘だった」

母の故郷が長野だとは聞いていた。

「いまさらどうして」

「青木先生は三年で画塾が終わったと言っていたのだろう。心残りのようだったと。本当のところを言えば、伏田先生がパリに去ったこともあるが、もうひとつは、わしと母さんがこの家に戻ることになったからなんだ」

「井上先生のところに居たんですよね」

「先生が東京で光彩会を起こすと言い出して、工房をたたんで戻ることになってな」

戦後も五年を経た春から夏にむかう六月のことだという。

講師が減り画塾二十二としてぎりぎり成り立っていたところに、息子が身重の妻を連れて帰れば、家を供する余裕などあるわけがない。改めて祖父の気持ちの有りようが見えてきた。

「もう四十年も前のことだ。あのころ親爺が備忘録だといって書いていたノートが残っているが読んでみるか。日記のようなものだ」

祖父が自ら綴ったものがあるなら、是非とも読まなくては。


色々な事が多田の家に起こり、そのなかを祖父母も両親も生き抜いてきた。

祖父と同じ時代を生きた画家たちの想いはどうだったのか。

逸夫と同様に国策を受け入れて生きることを選んだ画家たちは、消極にしろ積極にしろ画家としての仕事をした。供給が減らされていた絵具を優先的に入手することもできた。彼等の先頭に立っていた伏田の画はすべて国威を発揚したと言えるだろうか。祖父の光あふれ輝くあの画は。

描くことを止めてしまった画家もいた。批判の嵐にあい、プロパガンダであったといわれた画を隠し、あげく焼き捨てた。

戦時に筆を置くべきだと考えた画家たちは、あるべき姿を生きようと自らを励まし時代に坑した。彼らを縛りつけてきた世界が崩壊した時、国策に添い画を描き続けた画家たちを糾弾しなければ、精神の収まる先を見出せなかった、ということだろうか。

そうかもしれないし、それだけではないようにも思える。

積極に画業に励んだ者の画すべてが、糾弾されなければならないのだろうか。戦時の画家のあるべき生き方について云々し、問える資格のある人間はごくわずかだった。

現在、絶対多数の人が今の世を是として暮らしている。世の流れに乗って不自由なく暮らしていても、これからさき、何かのきっかけで世の中が翻らない保証など何処にもない。

翻った世に直面し、他人の生き方を問うているかもしれない。他人から生き方を問われる可能性さえある。そのあげくに非難される場合もある。明治維新、昭和の敗戦、翻った直後の世というものは、そこに生きる誰にとっても押し並べて過酷だ。

戦後という百八十度翻った自由にものが言える時に湧きおこった批判者たちの大合唱。それを四十数年を経た今、自らの手でスイッチを入れ、聞いてしまった。体験したわけではない。聞いて、画を見詰め、想像したにすぎない。ともあれ塾を閉じたことに家庭の事情があったことを青木先生が知ったら、なんと言われるだろう。

三

年の瀬が迫ったころになって突然に訃報がもたらされた。美輪が属していた美術部ＯＢ会の後輩から電話で知らされた。

埼玉の高校で美術教師を続けていた青木先生が、雪の降った翌日に交通事故にあい他界した。五十八だった。通夜と告別式が斎場でとり行われるというので、美輪と通夜の席へと向かった。

Ｕ駅からタクシーで三十分ほど掛かる。六時から葬儀が始まる。五時過ぎに車に乗ったが、日は暮れていて、道路沿いの家が黒々としたシルエットと化して過ぎていく。タクシーのラジオからこぶしを利かせた歌謡曲がながれていた。

「さむいな」

運転手がバックミラーごしに目線をよこし、ちょっと上げますね、と言ってエアコンのスイッチを回した。

隣に座る美輪は返事もせずに頷いた。朝から口数が少ない。訃報のもたらすものは、遡（さかのぼ）って浮かび上がる記憶の広がりと、その終着点を覚らされることだ。

「結局、残るのは想い出だけなのね」

唐突に言うとまた黙り込んだ。

運転手と、大韓航空機爆破事件の犯人が若い女だったということを話しているうちに、二階建で横長の建物が見えてきた。背後には鬱蒼とした木叢(こむら)がある。

開かれた門の先に広がる敷地にタクシーは入りこみ、建物の正面入口の前で止まった。

受付を済ませ会場に入ると、親類席と関係者席とが左右に分れて設けられていた。全部で二百席ほどある。正面中央に多彩な色どりの菊花が祭壇を飾り、遺影を囲んでいた。担任をしていたころより老けたように見えるが、口許にやわらかな笑みを浮かべている。あの頃とさして変わってはいなかった。

関係者側の席に座ったが、二列前の左端に古い知合いの横顔が垣間見えた。

関口鼎(かなえ)だ。小学生の頃、二百数十人ほどいた生徒のなかで、ただ一人送り迎えされていた娘だ。書生が頑丈な自転車の荷台にその娘を乗せて通ってくる。学校から自転車で十五分ほどのところにある大きな屋敷に住んでいた。

名主であったことは高校一年だった頃の同級会で知った。一帯の森林田畑を所有していた。そのことは小学生である子供には知らされなかった。親たちも口にしなかった。昭和三十年代、民主教育が盛んだった頃だ。

小学校の四年から六年まで同じクラスだったが、親しくしたわけではなかった。彼女が親しくしていたのは歯医者の息子であり、市会議員の娘などであった。大人びていてはっきりとした口をきいた。

彼女への先生たちの阿るような態度には、子供心に違和感を覚えた
大学生のとき、新宿にある書店の美術書の売場で偶然に顔を合わせている。

「多田くん？　ですよね」

むこうから声を掛けてきた。

「何年ぶりだろう」

「ちょっと話しませんか」

誘われて、近くの喫茶店にはいった。

「なんでも注文していいわよ」

一瞬耳を疑ったが、たしかにそう言った。彼女の身につけている服をよく見ると学生が着ることの出来るようなものではなかった。極上の服のように見えた。チノパンとシャツにジャンパー姿の自分とは比べるべくも無かった。

注文をとりにきたパール色のスーツをきちんと着たウェイトレスにコーヒーを頼んだ。このとき談話室と謳った喫茶店に初めて入った。

都心にある幼稚園から大学院まである中学に入学したはずだが、そのとき鼎は国立の教育大学の学生だった。

はじめに近況やら昔の話やらした記憶があるが、よく憶えていることは彼女の鼎という名前のことだった。三姉妹の末にうまれ、三人仲良く家を継いでいくようにとの親の望みで命名さ

れたらしい。末子だけれど三人のまとめ役にならなければと思っている口ぶりで、

「やっぱり家を守るには中心になる人間が必要なんです」

ということを憚らずに言ってのけた。

三本足で立つ鼎は元々祖先を祭るための重要な器だとも言った。おそらく小学生のころから変わらない彼女の自己認識に、異を差し挟む余地などない。大学院に進むつもりだと言っていた。小一時間ほど話し、喫茶店を出たところで別れた。自身のありようや行動を真顔で価値ありげに語り、聞かされ続けた記憶が残っている。


何故ここに居るのだろう。祭壇の献花に彼女の名があった。大学名だけが肩書きとして記されていた。あのとき自分とおなじく美術史を学んでいると聞いた。

読経が終わり、葬儀社の進行係に促され棺桶の窓から青木先生のお顔を拝見した。冥福を祈り手を合わせながら、画塾を閉じたもう一つの理由を胸の内で報告した。青白く瞑目されていても、若い頃ほどではないにしても、先生が美男子であることに変わりはなかった。美輪がハンカチを鼻に押しあて目をしばたき、視線を先生にそそいでいる。

事務的に動き回る進行係に再び促され、お斎（とき）の席に移った。

関口鼎の右隣が空いていたので美輪を伴いそこに座った。

挨拶を交わした。青木先生が中学時代の担任で、美輪は美術部員だったと紹介した。

「関口さんは青木先生とどこで知り合ったの」

問いを待っていたかのように鼎が大きく頷いた。

「青木さんはこちらの高校に来る前に、長いこと私立中学で先生をされていたと言うので、私もそこの小学校に通った話をしたのよ。あなたを含めて中学に進んだ人を何人かあげたら、青木先生ちゃんとおぼえてらしたわ」

こちらの問いにはすぐに答えず、自分のペースで話をはじめるのも彼女らしかった。

黙っていると、

「わたしは近現代の美術史を研究したの。九十年まえに亡くなった横山一郎を知っているわよね。あの画家の描画技法に詳しいということで、青木先生に横山一郎の画を、実際に何度か描いてもらって分析を加えたことがあったのよ」

話し出した。先生が横山一郎に詳しいなど初耳だった。中学で教えを受けはしたが画業についてはまったく知らなかった。

「そういうこともするんだ」

「今は科学的な分析も行って画を評する時代になっているわよね。そういえばあなたも美術史をやっているような話だったけれど」

現在の職場を言い、エックス線も使った木乃伊の企画展について話した。

「それって面白いの？」

世界は自分を中心に回っている。この人の変わることのない世界観だ。

「まあそうだね」

そう答えざるを得なかった。美術史の王道ともいえる絵画研究をしている人間の言いそうなことだ。近い分野に居ると思ったのが間違いだった。自分の研究以外に興味や価値を見い出せない人間に何を話しても意味がない。

大学院の博士課程にすすみ、いまは助教授として母校の大学で美術史を講じているという。三十三という年齢にしては早すぎる肩書きだ。がむしゃらに研究に励んだということか。苗字は変わっていない。くちのききかたも気配りの無さも談話室の頃と変わらない。

「青木先生から聞いたんだけど、あなたのお祖父さんて多田逸夫さんだったわよね」

今さら隠すほどのことでもない。

「そうだけど」

応えはしたが、やはり身構えてしまう。有田と同じことを言い出すつもりか。

「中国の山水画でよく描かれる突起している山々ってあるでしょ。あなたも判ってるとおり、あれはデフォルメの産物ばかりではなくて、実際の景色を写したものでもあるってこと。近頃ふえた桂林へのツアーが定着したことで、だれでも実感したわけよね」

話のつながりが見えない。祖父は山水画など描いていない。

「逸夫さんの〈スマトラ勝利の降下〉なんだけれど」

「あれを観たわけだ。それで」

「わたしはなぜあの碧空だろうと思っているの。近いうちにインドネシアに行くつもり。その場に行って判ることがきっとある。あなたもよかったら一緒にどお。行ける余裕があったら。金銭的なことじゃなく時間的なことを言っているのよ」

あの空にやられたのか。目映(まばゆ)いばかりに輝きを放つ大画面だ。誰だって圧倒される。画そのものを体感するために現地に立ってみると鼎はいう。あの画が発する何ものかに近づくための方法になるだろうか。祖父が行った頃とは隔世の感がある。いま現地に立つことに意味があるのか。

咄嗟に判断がつかなかった。

ふと美輪を見ると、となりで神妙に聞いているようだがこめかみに青筋を立てている。後できっと爆発する。偉そうな物言いは妻の最も嫌うところなのだ。

鼎の本気かどうかわからない誘いに判断がつかず、

「時間も懐も余裕がないから」

冗談めかして断った。しばらく雑談をし寿司をつまみ早々と帰路についた。

「なによ、感じ悪いわね、あの人」

予想通り、美輪はタクシーの中で怒りを露わにして、遠慮のない声をあげた。

「まあね、昔からあんな感じの人なんだから」

言ったとたん美輪が顔を覗き込んできて、すぐに黙り込んだ。

気に障ることを言ったわけではない。庇うような言い方がいけなかったのか。

やがて顔をあげると、

「いいわ、わたしが連れていってあげる。インドネシアへ」

と宣言した。

「なんでそうなるんだろう。無理するなよ。そんなに怒るほどのことじゃないだろ」

「あんな言われ方をして悔しくないの。ただの助教授なんでしょ。どこが偉いのよ」

夫婦共々、見下された気がして美輪は腹をたてている。

「あの人の育ちなんだから、どうしようもないさ。話しかけたのが間違いだった」

なんとかなだめなければ。運転席のミラーを覗くと運転手はまっすぐ前を向いたきりで、聞いていないふりをしている。

「あの人が育ちが良いとでも考え違いしてないわよね。財産家だったかもしれないけど、我が儘ほうだいのどら娘だったんじゃないの。だから未だに」

そこまで言って口を噤んだ。

「とにかく、わたしがツアーを見つけてくる。二人分のチケットぐらいわたしにだって買ってあげられるわ。格安ツアーだけどね」

週に四日、半日ほどパートとして宅配便の事務所で働いている。

その給与を当てるつもりなのだ。

祖父の画を研究対象として鼎が行くと言っている。反発した美輪も行こうと言う。桂林をデフォルメでなく写実に描いたと鼎のように考えれば、祖父の画はどうだろう。そうであってもおかしくはない。

——現地の大気の下に立ってみようか。

手懸かりが見いだせるような気がする。

「いいよ、おれが出すから」

驚いた顔をして美輪が視線をむけてきた。

車内の雰囲気が治まってきた。町の灯も見えてきた。

窓の外を見上げると、藍色をした空の奥まったところに、幾つもの星が煌めいている。恩師を送った後で知らぬ間に涙ぐんででもいたのか、いつもより星の瞬きが強いような気がした。

駅の近くで酒の呑める店を探し、二人で先生を偲ぶことにした。

一月の中ごろになり、ツアーのチケットを美輪が手に入れてきた。三月末は年度末で忙しくなるので二月中旬の三連休を使うことにした。

金曜の夜七時に成田からの航空便でジャカルタに向かう。帰りは月曜の夕方になる。美輪の言っていた格安ツアーだ。

厳しい冬の寒さが残る夕刻に成田を発った。飛行機の旅は何度も経験していたが、足の裏を風が吹き通っていく感覚から、どうにも逃れることができない。板子一枚下は地獄だ、と江戸のころ舟乗り達は言った。寄辺ない空の上ではそのイメージが殊更に掻き立てられる。

うとうとした頃に、ジャカルタに近づいているというアナウンスが流れ、スクリーンにエメラルド色をした海とジャワ島が映った。

「そろそろ着くよ」

美輪の肩を軽くゆすった。

ジャカルタ空港は午後の三時で、ごく細かな霧雨が舞っていた。着陸前のアナウンスで現地の温度を二十六度と言っていたが、それにしてはかなり蒸し暑い。

空港ビルの正面にある車寄せに、ＪＪ・Ｔｏｕｒｓとロゴの入った白いワンボックス車が停車していた。そばには壮年で痩せ気味の男が、手にＴＡＤＡ　ＳＡＭＡと書かれたカードを胸元に掲げて立っていた。

「あの人じゃないの」

美輪に指差され男も気づいた。愛想笑いを浮かべながら近づいてきた。

「わたしペニシアです。タダさまですね」

「よろしくね」

美輪が答えると、キャリーケースを摑んで、

「さあ、こちらです。三日間よろしくおねがいします」

と言い車の方に歩き出した。黙って立っていると貧相に見えたが、笑みを浮かべて話しだすと、相応にガイドの雰囲気がしてくる。

車に乗ってすぐに日程を話しだした。気が急くのだろうか、早口でまくし立てられるとよく分からない日本語になった。この日はジャカルタの市内を観光して回った。

二日目に雨はあがったが、すっきりと晴れることはなかった。

ジャワ島からスマトラ島南端の港町バカウニに連絡船で渡るツアーを予定している。身内をスマトラで亡くしたわけではない。だからかつての戦場を訪ねることはしない。スマトラ島を覆う空を見るための一日にしたい。そう言って美輪は諒解を求めてきた。昨夜、夕飯をとっていたときだった。

はじめの計画そのものだ。否などありはしない。

マレー半島とマラッカ海峡をはさんで西側にスマトラ島はあり、島の中央を赤道が貫いている。首都ジャカルタからジャワ島の最西端のメラク港まで陸路だけで片道三時間かかる。

舗装された道路を走り西に向かうというが、方向はまったく見当がつかなかった。一時間ほどすると道の様子が変わってきた。舗装のないでこぼこの泥道が延々と続いた。シートベルトをしていても体が右に左に大きく揺られる。鈍色の空は途切れることがない。ときおり強い風に吹き煽られた。エアコンを入れていても蒸し暑さが車内に忍び込んでくる。ようやく着いた港にはすでに船が着岸していた。

三十キロほどある海峡を渡ったさきに目的地のスマトラ島バカウニ港がある。曇天を写す海は凪いでいて、船は二時間ほどかけ海峡を進んだ。

着いた港は連絡船の乗場の他になにもなかった。

「ここがバカウニです。いちおうスマトラに渡ったですよ」

ペニシアさんが車を駐車場に止めて、不審げな表情を浮かべて言う。

「大丈夫、ここでいいんですよ」

美輪が言い、ペニシアさんに格別の笑顔をみせた。

ここに来る理由を説明するのは難しい。

船会社の二階建てのビルに入った。上階が展望スペースとなっていて食事ができ、土産物なども販売している。

ジャワ島は霞んでうっすらとした影のように海上に漂っている。こちら側はどんよりとした湿気を含んだ空に覆われ、鬱々と繁る樹木がはるか彼方にまでひろがっていた。絡みつく蒸し暑さはここでも変わらない。

美輪がカメラを取りだしシャッターを押している。

「今日、晴れてくれないと、来た甲斐がない」

「そんなことはない。こんな所までお祖父さんは画を描きに来たんだ。備忘録に書いてあったよ。シンガポールまで飛行機で来て、一週間待たされ船に乗ったらしい。そのときデング熱に櫂ったが、それを押して行ったというんだ。死ぬかもしれないのに。描くのが仕事だから無理をしてでも、危なくても行かなければならなかった。おれたちみたいに一昨日の夜日本を発って昨日の朝にはジャカルタに着き、ここに立つことのできる今とは、全く違う状況だった。車に揺られ船に乗りここまで来た。でも命がけだったわけじゃない。ここに立って当時を想像できただけでも来た意味はあるよ」

「そうよね。でも空が見えないのはちょっと残念」

と言い美輪は水平線のあたりを凝視し続けている。

関口鼎はスマトラのどこに来るつもりだろう。祖父の足跡をたどるつもりなのか。この地に立って画の根拠を摑めるだろうか。過去の実態など時とともに消え去っている。四十数年を経た裕福な研究者の眼。国に背を押され描くことを目的にやってきた画家の目。時空を経ても変わらない、人を突き動かす何かがここにあるとしたら、鼎はそれを捉えられるだろうか。美輪とここまでやってきて祖父の意欲を想うことは出来た。だがそれ以上でもそれ以下でもない気がする。

この日はついに晴れ間を見ることは出来なかった。

三日目の朝になり、隣のベッドを見ると皺の寄ったシーツの上に、ブランケットが無造作に畳まれていた。美輪はそこには居なかった。丈のある草木が植栽されたホテルの内庭にウオーキングをしに行ったのだ。昨日の朝もそうだった。日頃の習慣を律儀に守るのも彼女らしい。

朝食を終えたころに、ペシニアさんが迎えに来た。外は来た日と似た靄が大気を覆っていた。

空港への途中でユタ地区の跳ね橋を見る予定になっている。

宿泊したホテルは街の南側にあり、中心部を通る度に独立記念塔の屹立する姿を目にした。

今日は午前中のせいか天候のためか分からないが、広場を歩いている人の数が少ない。

ゴッホの画に似た跳ね橋を見終えると、そのまま空港に向った。

しばらく走ったところで、ぽっかりと空が開けた。

突然、車内に一条の光が射しこんできた。

咄嗟に美輪が車のウィンドウを一杯に下げ、見上げている。

碧い空が徐々に開けて大きく広がりはじめた。

日本ではまったく目にしたことがない。これが赤道直下の色合いだろうか。

「これだったのね」

美輪の声がうわずっている。

「うん」

祖父はこれを目にしたのだ。遠いどこまでも果てしなく遠い。碧いどこまでも碧い。窓をあけ腕を突き上げてみる。碧のなかに腕が呑み込まれる。目眩に襲われるほどの、尽きることの無い遠く碧い空が頭上を覆い尽くしている。祖父はこの空をカンバスに塗りこめたのだ。この色を出すために果敢に何度も何度も挑戦したに違いない。

「ペニシアさん、二、三分でいいから車を止めてもらえる」

美輪が頼むと、いいよと、アクセントのある返事があって、車は止まった。車を降りた。美輪とふたり、真っ直ぐでどこまでも深く遠い碧空の下に立った。

ふりむけば、森林の際に作られたバナナが大ぶりな薄緑の葉を輝かせている。畦が途切れて所々に茶色い水を湛えた田や畑さえもがきらきらと光を照り返している。散乱した光の筋が目に突き刺さりこの上なく眩しい。

薄墨色をした雲の塊りが水平線の彼方に消えていく。

「これであの雲があれば、言うことなしなのに」

空に黄色みのある雲は見えない。

いかにも残念といったふうに美輪が呟いた。

「これで十分な気がする」

と言うと、美輪は頷き、空の端から端を見渡してから車に乗り込んだ。飛行機がひっきりなしに上空を通過していく。空港が道の先のほうに小さく見える。

空港でペニシアさんにお礼を渡して別れ、搭乗手続きを済ませた。

機内に入り座席についてしばらくするとアナウンスがあった。機体が動きだし直線のメイン滑走路へと向かっていく。

シートベルトをして離陸を待った。

機体が上昇を続けている間中、窓際に座る美輪は外の様子を眺めていた。

「あったわよ」

「えっ、何が？」

「あの雲」

美輪の指さす先にちぎれた雲の群が漂っていた。黄色みを帯びている。

「すごいな」

「ほんとね。なんとか目的は達成したわね」

「いや、すごいのは」

君の執念だよ、と言おうとしたが、それでは美輪に失礼になる。

「きみのおかげだ」

呟いたが、窓にとりついている美輪に聞こえたかは分からない。

関口鼎が言いだしたおかげで、現地に立ち、画そのものの碧空を見ることができた。彼女はどうだったろう。

祖父は日本で見たことのない空の色に挑んだのだ。確信に似た想いが胸の隅に生じている。

インドネシアから帰国してすぐに、土産を渡そうと実家に電話を入れると、父から美術館で会おうと誘われた。母も美輪も一緒に行くのは初めてだった。

地下鉄の駅から地上にでると、左手にお濠に画された石垣が連々と続いている。石垣の向こうには皇居がある。そこには高層ビルなど無いぶん、広々とした空があった。目前の横断歩道を渡った先に美術館が見えている。

「いい具合に晴れてくれたわね」

今日は、職場に二日間ある月末の展示品整理のための休日になっていて、一日を休みに当てることができた。日曜日ということもあるのか、美術館に向かう人が目立つ。

ふたりは先に着いていて入口で待っていた。

「ごめん。待った?」

「時間どおりだ。さあ行こう」

父は馴れた足取りでエレベータホールに向った。

三階にそのまま上がるようだ。

「親爺の画を見に行くまえになると、なぜか田舎に帰るような気持ちになるんだ」

父の口調がどことなく弾んでいる。画が故郷になるのか。祖父の描いている姿が父にははっきりと見えているのかもしれない。

三階のフロアの中央に逸夫の二百号の画が展示されていた。

紛(まご)うことのない巨大な碧空が輝きを放っている。

長椅子が画の前に置かれていた。四人で座り眺めた。この画だけを見に来た。

「初めて実物大のこの画を観たとき、これは何だと思った。戦場にこの明るさはあり得ないだろう。おやじに聞くわけにもいかなかった。画というものに絵描きはすべての力を注ぐ。結果を説明するなど出来はしないからな」

父が小声で唐突に話しはじめた。

「スマトラを描いたというこの画をみるたびに、どこか全く違う世界に立っている心地がする。光の溢れかえった蒼い空と黄色みを帯びた雲の間を、無数の天使が羽根をパラシュートに代え、舞い降りようとしている。神のいる天上世界から下ろうとしている堕天使のように見えなくもない。地上にいる兵士の形（なり）を見れば、現実というものが確かにあり、堕天使たちが武器を手に戦いに臨もうとしているかのようだ。この画は……見終わったあと、晴々とした気分が残るな」

「久しぶりにこの画を見たわ」

周りを行きすぎる人を意識したのか母も小声で言う。

「わたしは画家ではないから、そんなに難しくは観ない。でもやっぱり磊落な質の義父さんらしい画だと思う。悲惨な場面を描かずに済むのなら、飛び抜けて明るく描きたかったのではないかしら」

「あなた、現地で見てきたことをご報告したら」

インドネシアに行き、描かれた場所ではなかったが、この輝きに似た空と雲を見ることができたことを、両親に告げなければ。

「ぼくはこの画の碧空が不思議でならなかった。こんなに底抜けに明るい日差しの中をパラシュートで舞下りている光景が実際にあったのかと。でも本当にあったわけですよね。この降下作戦はお祖父さんが行った三月前に行われていて、実際の光景を見たわけではないけれど成功したことは事実だった。だからその勝利の高揚を伝えるために明るく輝くようなイメージで描いたと思っていたんです。今回、現地を見に行ってそれだけじゃないと感じた。碧空の濃さ、遠さ、清澄さは日本では見られないものだった。おそらく自分の目で感じたままを描くという、備忘録に書かれていたお祖父さんの画に向かうときの心得を、そのまま貫いたんだろうなと」

父はただ黙って聞いていた。やがて、

「まあ言いたいことは分かる。しかしな、描いた本人の考えていたことなど誰にも分かりはしないさ。もちろんわしを含め肉親でさえな。解ったようなことを言う人もいるが、みんな後付だ。でもそれでいい。画を描く、画を観るとはそういうことだからな」

三人にむかって言ったが、自分自身に言っているようでもあった。

祖父のこの画が輝きを失うことはなさそうだ。時代の変容など易々と乗り越えていくにちがいない。やがていくつもの時代を超越するだろう。確信が胸を占めた。

四

青木先生が亡くなり一年が過ぎた。

回顧展が地元U市の公民館で開かれるという連絡が届いた。中学と高校の美術部ＯＢが合同で主催するという。在職中のほぼすべての作品を一度限り展示するので、はじめは〈お別れ展〉と題されたらしい。だが陛下のご病状が思わしくないことから、そのまま回顧展とした旨が案内の葉書に記されていた。

昭和が終わるという予感と漠とした不安が、誰しもの胸に忍び込んできていた時期だった。公民館は駅の西口をでてすぐに突き当たる旧街道を、右方向に歩いて五分ほどの所にある。光沢の無い薄い枯葉色のタイルに覆われたビルで、ピラミッドの頭頂部を取り去ったような八角錐をしていた。窓はまったく見当たらない。三階建でしかないのに威圧するような雰囲気を醸している。右手には八階建てのどこにでもある箱形のビルがあった。ギャラリーはその二階にある。

正面入口の自動ドアを通り、数歩のところに回顧展の案内があった。館内に人の姿は見えずひっそりとしている。受付に座る案内嬢に二階を指さすと、大げさなほどの笑みをかえしてきた。手持ちぶさたで持て余していたようだった。

階段を上るとすぐ右手に受付のテーブルが出されていた。芳名帳が開かれている。女性がうすく笑みを浮かべ記入を促してきた。清美だった。

「脇田さん。何年ぶりだろう」

年相応の落ち着きは感じられるが、見た目は中学生のころとそれほど変わっていない。あの事の後、すぐに卒業式があり、それ以来の再会だった。


中学の頃の清美は積極的な質で背が高いぶん目立っていた。桜の季節が過ぎた五月に転入してきた。駅の西側に数年前にできた戸数のあるマンションに暮らしていた。

教室の席も近く、美輪も交じりクラスの仲間数人と、何度か遊びに出かけた。中学三年の卒業式が迫った冬、唐突に二人でスケートに行こうと言いだした。朝早く信越線の列車に乗り日帰りで、軽井沢のスケート場に行くというプランだ。

「スケートリンクなら後楽園にもあるし、おれ滑れないから」

と言っても、

「東京なんかと清々しさが全然ちがうのよ。大丈夫、コーチがいるから」

言い張って譲らない。驚いたのは二人分の往復切符とスケートリンクの入場券を見せられたことだ。

中学校から町の中心部に向かう上水沿いの道を歩き、家に帰る途中だった。切符を鞄からとりだし、見せるとすぐにしまった。嬉しげな表情をしたが目に射すような力がこもっていた。

断れば切符はむだになるのだろうか。自分に購入できる額ではなかった。すべて用意している気迫に押された。

清美から目をそらすと、潺々と流れる上水に枝垂れ掛かる木群が、遙か先まで続いていた。右手に広がる公園の中央には葉を落とした欅の巨木が屹立している。

軽井沢。木々の間に別荘が点在し、皇室が夏を過ごす避暑地だ。縁のない場所だと思う。気後れもある。だが今は夏場ではなく冬場だ。どんなところだろう。

「いってみようかな」

小声で応えた。

当日、快晴だったことを覚えている。中軽井沢駅に着くまでの列車のなかで清美は話し続け、ときに声をあげて笑った。できることは相づちをうつことだった。

スケート場は日曜日ということもあり、混雑していた。スケート靴を借りて履いたが足首が固まらず揺れながら氷の上に立った。陽は山の上にあり、オレンジ色にスケート場を染めている。

清美は誘ってくるだけあって、人並み以上の滑りをしていた。誘われてやってきたが、幼児歩きのようなもので、滑るにはほど遠い。

「尚也君、手をこっちにだしてみて」

清美が毛糸の手袋をした両手をさしだしてきた。言われるままに両手をだすと、清美はバックスケートをしながら引っ張ってくれる。気恥ずかしい思いのままにリンクを一周したところで、安心したせいか前にのめりそうになった。

「あぶない」

叫んだ拍子に、清美の両手に力がこもり引き寄せられ抱き留められた。清美の姿勢はまったく揺るがなかった。

「にいちゃん、いいなあ」すぐ脇を二十ぐらいの男がひやかして滑りぬけて行った。清美は体を離すなり、

「だいじょうぶ?」

と聞き、満足そうで嬉しげな笑みを浮かべた。姉の陽子が時折浮かべる表情に似ていた。「わかっているわよ、大丈夫よ」というふうに。大丈夫と言われるほどのことでもないのに気を使ってくる。五つ下の弟を子供だと思っている。

清美の思うがままに扱われているような気がした。ベンチに坐り滑らかにリンクをまわる人たちをながめた。いかにも自慢げにこれ見よがしに速度を上げ、楽しんでいる。清美も一人になるとその中に混じり、ときたま手を振ってよこした。あれだけ滑れれば座っているよりずっと爽快だろう。自慢顔をして満足げな清美の、引立て役としてつきあわされている。この日以降、清美とふたりで行動したことはなかった。

しばらくたって手紙が届いた。告白が綴られていた。中学生にしては達筆だった。

「こんな字が書けるのか」自分にない能力をまた見せつけられた気がした。返事など出せるわけがない。清美との仲はそこで終わった。


「十五年ぶりぐらいじゃないかしら。美輪ちゃんから結婚した時の葉書はもらってますけど、元気にしてます？」

「春先に妊娠しているのが判って、出産が近づいているので今日は大事をとってね」

「おめでとう。うちは七歳の女の子がいて今、小二なの」

「うちはちょっとばかり時間がかかった。そういう意味じゃ清美さん、先輩だよね」

「少し早かっただけ」

と言って筆ペンをよこした。芳名帳を開くと先頭ページの五番目だった。月曜日のせいかホールに人の姿は見当たらない。

「先生の通夜のときは見かけなかったね」

「都合があって告別式のほうにでたのよ」

「うちのは画を描くのはやめたけど、清美さん続けているの」

「続けてるわよ。青木先生の勉強会にも年に四度ほど出ていて、けっこう長いことご指導をいただいていてね。それでこういうお手伝いをしているわけなの」

初めて聞く話だった。たぶん美輪も知らないだろう。

「卒業でばらばらになったから尚也くんは知らないと思うけれど、高校はH市に移ったの。父親の転勤でね。美輪ちゃんには住所も一緒に知らせておいたけど、その後連絡が途切れちゃって。卒業後は地元の美術系の女子短大で学んだわけ。青木先生が授業の助っ人で教えに来てくれて。それ以来ね」

先生はたゆむことなく画業に打ち込まれていたのだ。

突然、小岳沼の祠の参道に立つ美輪と清美の姿が浮かんできた。

「美輪は中学の頃先生の追っかけだったみたいだけれど、卒業したら熱が冷めたようなんだ」

「うーん」

清美は肯定しなかった。

「違うの？」

表情を窺うような目をしている。

「いや、昔のことだしどうでもいいんだ」

清美が首を傾げた

「どうでもよくない。赤ちゃんができたから、言うわけじゃないけど、先生じゃなく尚也くんの追っかけだったのよ。小岳沼の丘の上に美輪が行こうと言って、わたしは付いていっただけなの」

当時ふたりはいつも一緒にいる親友のように見えた。

あのことはどうなんだろう。美輪には話したことのないあれを聞いておこう。

「軽井沢のことは言ってないよね」

清美が言うはずはないだろう。美輪が知っているはずもない。

「やっぱり気になる？」

薄い笑みを浮かべ聞いてくる。

「本当のことを言ってもいいのかな」

思わせぶりな言い方だ。喋ったのか。

「実はね、はじめは三人でって誘ったんだ。でも嫌だと言うの。二人で行っちゃうよって言ったら、どうぞってやせ我慢するから、実行したの。あれで美輪とちょっと気まずくなってね」

口許を曲げ曖昧な笑みをうかべた。

結婚してから今まで美輪から軽井沢の話はなかった。軽井沢の事を知っていたのだ。

「あのすぐ後で君から手紙をもらったよね。そのことは？」

「言うわけない。卒業式も近かったし、口もきいてくれなかったし」

清美は小さく声に出し鼻先で笑った。その時の情景を思い浮かべたようだった。このひとは美輪と親しげに振る舞っていたにすぎなかったのだ。

「あのままあなたにフェードアウトされたら、私ってまるきりバカみたいじゃない。姉に頼んで代筆してもらったわよ」

中学生の書ける字ではなかった。それがかえってフェードアウトを加速したのだ。しかしもうどうでもいいことだ。

「いろいろ聞かれたついでだから言っちゃおうかな。尚也くん大学院に行っていたでしょ。うちの彼有田っていうの。同じ頃、あそこに居たのよ」

——まさか。

あの有田だろうか。咄嗟のことですぐに言葉が出ずに思わず清美の顔を見つめた。

誇らしげな表情をしている。

「三年前に神奈川にある私大の専任講師として、正式に採用されたんです」

ことばつきまで違う。あんな男と何故。

「彼とはどこで。どこが気に入ったの？」

口をついてでてしまった。清美が一瞬苦笑いを浮かべた。

「東都大学美術連盟というゆるゆるな繋がりが当時あってね。各大学の持ち回りで美術展を開いていて、うちの大学の時に彼が来て知り合ったのよ。最初は彼が学部の四年のころだったかしら」

あのことだ。聞いておかなければ。

「彼はうちの父や祖父のことを知っていたけれど、もしかしたら君から聞いたのかな。だとしても君がどうやって知ったのかが分からない」

「たしかに彼ってあまり好かれるタイプじゃないわよね。自分でも分かってるのよ。そのくせ人のことが気になる性分でね。大学院に居る学生達のことをよくしゃべったの。尚也くんの名がでたときはちょっとびっくりした」

「それで」

「彼がどんな反応するか面白いから、二人で軽井沢へ行って氷の上で抱き合った、って言ったのよ。事実でしょ」

たまたまそうなっただけだ。

「そしたら、ずいぶん息巻いちゃって。前からわたしに関心があったみたいで」

「それは分かった。じゃ、うちのことはどうやって知ったの」

「青木先生から」

「先生はそのことは言わないはずだけど」

「でも、わたし見たのよ」

「なにを」

「多田逸夫の青空の画。コピーだった。かなり大判の」

「どこで」

「短大の頃、先生の自宅兼教室で」

スマトラの画の模写だろうか。

「もう中学生ではないし、尚也も大学生になっているだろうからって、お祖父さんやお父さんのことを話してくれた」

院生だった有田がなぜ知っていたのか、どうでもいいことだったのだが、胸の底の方にわだかまっていた取るに足らない疑問が解けた。

——そういうことか。

腑に落ちたぶん気の抜けた表情を浮かべていたかもしれない。

「尚也くんが知っているか分からないけれど、有田の母方の祖父は鳥羽康道なのよ」

清美がはっきりとした声で言った。勝ち誇った目つきをしている。自らの家系を言ったにすぎなかったが、その目に込められていたものは邪(よこしま)な光に満ちた優越そのものだった。

知らないわけはない。戦後、戦争記録画を描いた画家達を糾弾した急先鋒の評論家のひとりだ。失敗に終わったが、パージするように米軍のGHQにかけあったということが伝わっている。

まさか清美から言われるとは思ってもみなかった。有田のあのときの勢いは清美のこともあるが、身内の話から刷りこまれたごく自然な強さだったのだ。

「言いたいことはそれだけ？　さて、画を観てくるかな」

冷静に言ったつもりだが、清美の底意地の悪さを見せられた気がして、不快が喉元にまでこみ上げてきた。

祖父逸夫のことなど大して解っていないだろうに、何に勝ったつもりなのだろう。

祖父は画を生涯描き続けた。恥じることなどありはしない。少なくとも作品の批判などといったものではなく、筆を折ることなく創る側に立ち続けたのだ。

ＧＨＱは、パージを要望した画家たちに、戦争画も芸術であり追放するなど論外である、と諭したのだがそのことは聞かされていないようだ。君の義理のお祖父さんは戦時中は戦争画をもちあげ、戦後は手のひらを返して批判の側に立った。鉄面皮。まさにそんな人だった。そう言ってやりたい衝動にかられたが危うくこらえた。それを言えば清美と同じで、意味のない優越に浸ることになる。このひとは分かっていないのだ。

刹那に思いもよらず微かに笑みが浮かんだ。憫笑していたのかもしれない。

椅子に坐ったまま、怪訝な目つきで見つめている清美を一瞥し、受付を離れた。

己は今あのときの有田のような表情を浮かべたのか。では鳥羽康道のことを言いだしたときの清美の目は何だったろう。その名を聞かせるために受付を買って出たのではないか。

揣摩憶測が胸の内を過ぎっていった。

中学最後の冬の出来事にしたところで、根に持たれるほどのことだとは思えない。

この出会いを待っていたのか。四十数年前の軋轢を掘り起こし、面白半分に満足を得ようとした。不毛で無意味な優越を隠そうともしない。

これまで美輪は軽井沢を話題にしたことがなかった。その訳が分かった。美輪はスケートが出来なかった。比べられたくなかっただろう。ふたりで行ったことも知っていた。このままでいい。このまま軽井沢を封印しておけばいい。

年の瀬がすぐそこに迫っている。彼女は母親になり自分は父親になる。期待と不安と晴れがましい気分が混じり合い、ひたひたと心のうちを満たしてくる。

清美が投げつけてきた言葉に波立っていた気持も、歩き始めるに従い凪いできた。

いつか我が子をつれて祖父の画を見に行こう。

戦時の生き方が揺るぎのないものなら、画を捨てる必要などない。祖父はそう考えた。どんな時でも描くことを断固として止めなかった祖父がどう生きたか、物心がついた頃に語って聞かせてもいい。それが祖父の足跡を辿り、多田家の生き様を知り得た自分の義務であるに違いない。

清美との会話を最後にホールのなかは静寂に返った。依然として見学者は見当たらない。存分に観て回れそうだ。

長い壁面に何枚もの画が架けられていた。風景、人物、静物、見慣れたタッチの画が続いた。水彩も油彩もある。関口鼎が依頼した復元の試作画も展示され、説明書きも添えられていた。すべて先生の生きた証だ。

突き当たりの一番奥に、明るい色調の画がある。近づくにしたがい目を奪われていった。百号ほどの縦長の油絵だった。つきぬける碧空と黄色みを帯びた雲が浮かんでいる。それは祖父の画の模写ではなかった。

遊園地のフラワー・パラシュートが左側に大きく描かれ、光のなかを父と子がワゴンのパイプを摑み、舞い降りている。ミズクラゲでも堕天使でもない休日を過ごす家族の情景だ。当然、兵士は描かれていなかった。

〈日向のパラシュート〉と題されていた。

——やっぱりそうだった。

これは青木先生から祖父にむけた〈スマトラ勝利の降下〉へのオマージュに違いない。観るひとの誰もが圧倒される濃く遠く澄み渡った碧空だ。

「スマトラの空を先生も見上げただろうか」

かすかな呟きがもれた。

参考書目　「半世紀の素描」鶴田吾郎

〈著者紹介〉
碧居　泰守（あおい・やすもり）
千葉県松戸市出身
早稲田大学卒業
学習院大大学院修了

「勘十の夜船」第十六長塚節賞佳作入選で初掲載
「山之井酒蔵承継録」第三回平凡社晩成文学賞佳作入選

短編集『人魚師赤目の米三』（2018、ブイツーソリューション）
『山之井酒蔵承継録』（2019、鳥影社）
『家族の甃』（2020、私家版）

清親（きよちか）の百五日

定価（本体1600円＋税）

乱丁・落丁はお取り替えします。

2021年1月30日初版第1刷印刷
2021年2月　5日初版第1刷発行
著　者　碧居泰守
発行者　百瀬精一
発行所　鳥影社（choeisha.com）
〒160-0023　東京都新宿区西新宿3-5-12トーカン新宿7F
電話　03-5948-6470, FAX 03-5948-6471
〒392-0012　長野県諏訪市四賀229-1(本社・編集室)
電話 0266-53-2903, FAX 0266-58-6771
印刷・製本　日本ハイコム

ISBN978-4-86265-863-0　C0093